RAZA HUMANA

EL LEGADO DE UNGUT

Una novela de ciencia ficción
de la escritora de "Amando a Zoe"

María Las Heras

Aquel inesperado y demoledor ataque sin precedentes, cambió el futuro del hombre para siempre.

El ser humano deberá luchar por la supervivencia, en un planeta devastado por seres de otro mundo que han diezmado la población mundial. Sin leyes ni normas, en un mundo hostil, la justicia y la libertad, cambiarán el significado que tuvieron hasta entonces.

A pesar de lo extremo de las circunstancias, la amistad sincera y el amor profundo entre nuestros protagonistas, revelarán la prevalencia de la belleza de la condición humana

RAZA HUMANA

EL LEGADO DE UNGUT

María Las Heras

Raza Humana: El legado de Ungut © María Las Heras, [2019]

ISBN-13: [978-84-09-15243-8]

Dedicatoria

A Cristina y Mercedes

La invasión

Me di cuenta de que el viento estaba tumbando los árboles, las puertas golpeaban libres de cerraduras y candados y yo, sola en aquel infierno, apoyada en los recios muros de piedra, no buscaba refugio ni protección: sólo era una mera observadora viendo al mundo desmoronarse sin que ya me importara nada.

Alguna vez había imaginado mi muerte, no así, no sola, no inevitable.

El miedo intentaba entrar, pero ¿qué sentido tenía? De sobra sabía lo que iba a suceder: el maldito lobo soplaría, con tanta fuerza esta vez que los tres cerditos reventarían contra el acantilado y no dejarían para él ni los huesos.

Pensar en como había ido a parar allí, era una de las pocas cosas que podía hacer mientras esperaba a que todo se derrumbara a mi alrededor.

Volví atrás en mi memoria, hasta aquel catorce de junio, que había empezado tan mal. Tras una noche de gritos y peleas, yo estaba recogiendo mis cosas del apartamento de Jorge. No quedaba nada bueno entre aquellas cuatro paredes, nos habíamos traicionado tanto que ya ni siquiera recordaba si alguna vez le había amado.

Dejé las maletas en la puerta; era demasiado para llevármelo todo. Escribí una nota y la dejé sobre ellas. Esa misma semana pasaría alguien a buscarlas.

Nada más salir a la calle me di cuenta de que algo raro estaba sucediendo. Estaban sonando las sirenas y la gente corría de un lado a otro. Intenté parar a alguno de los que pasaban, pero todos me esquivaban con cierto desaire. Así que decidí correr hacia donde lo hacía la mayoría por pura supervivencia, aunque realmente no tenía ni idea de lo que ocurría.

Una gran masa de gente se apelotonaba a la entrada de la boca de metro: cuando yo llegué ya no cabía nadie más.

Seguí corriendo sin pensar, hasta que me di cuenta de que me había quedado sola. Me paré y miré al cielo. Entonces lo vi: había un enorme agujero, como el ojo de un huracán, rodeado de unas insólitas nubes rojas.

Miré alrededor buscando algún refugio y estaba a punto de continuar la marcha cuando oí que alguien me llamaba desde un portal entreabierto. Me metí rápidamente en él. Dentro había lo menos veinte personas refugiadas tras una barrera de sacos de arena que debían de haber cogido de alguna obra cercana. Una chica me agarró de la mano invitándome a que me agachara, lo hice.

- ¿Qué está pasando? ¿Qué son esas extrañas nubes y por qué corre todo el mundo? -pregunté extrañada.

Me miraron todos con incredulidad. Miré el móvil para ver si lograba entender algo, pero parecía haberse caído la red: ni Internet, ni teléfono, ni nada.

Me fijé en que estaban cerrando con cinta americana todas las rendijas de la puerta y sentí un poco de claustrofobia.

- ¿Qué hacéis? ¿Alguien me puede decir qué pasa? -volví a preguntar.

La misma chica que me había agarrado la mano, me hizo el signo de silencio. De pronto se oyó un pitido ensordecedor y tras él un tremendo estallido. Oí gritos y todos los cristales reventaron y, después, sólo silencio.

No podía ver lo que estaba pasando fuera porque, después de entrar yo, habían tapiado completamente la puerta con los sacos de arena.

Hice ademán de levantarme, pero de nuevo ella tiró de mi brazo y me obligó a agacharme. Estuvimos así lo menos dos horas. Fuera se oía ruido, como si algún tipo de vehículo estuviese circulando, pero no me sonaba conocido. Pensé que quizá serían los tanques del ejército o los cazas. No cabía duda de que algo excepcional había pasado... ¡nos habían atacado! ¿pero quién?

Yo no me había enterado de nada porque me había pasado todo el día anterior discutiendo con Jorge, no habíamos puesto la tele, ni siquiera había mirado las noticias en el móvil. Es verdad que me había chocado que nadie me escribiera en todo el día, pero estaba tan metida en mi drama personal que no le había dado importancia.

Cuando de nuevo volvió el silencio me habló la chica.

- ¿De verdad no te has enterado de nada? Nos han invadido -me dijo muy seria.

- ¿Quién nos ha invadido? -pregunté sorprendida.

- Los extraterrestres -dijo

Me reí, aquello tenía que ser una broma. Pero luego miré la cara de los demás: nadie se estaba riendo. Siguió hablando:

- Han llegado con unas naves inmensas, llenan el cielo de ese gas rojo y, si te cae encima, estás muerto.

Los demás asintieron con la cabeza.

- Han arrasado la mayoría de las grandes ciudades del mundo - añadió.

De pronto pensé en mi familia, en mis amigos y me entró una angustia tremenda.

- Tengo que salir de aquí e ir a buscar a mi gente -dije levantándome de nuevo.

- No puedes salir aún, el efecto del gas tarda horas en irse, morirías si sales -dijo una mujer de unos cuarenta años que mantenía abrazados a sus hijos.

- ¿Cuánto hay que esperar? -le pregunté.

Raza Humana: El legado de Ungut © María Las Heras, [2019]

- Al menos a que caiga la noche; no sabemos demasiado, pero parece que el gas pierde efecto cuando no hay luz -me contestó.

Me di cuenta de que no tenía otra opción que quedarme allí. Estaban bastante organizados: habían forrado de plástico todo el portal, lo habían aislado del resto del edificio. En una esquina habían acumulado una gran cantidad de víveres y agua y en la otra había herramientas, cuchillos, linternas, incluso había varias máscaras antigás.

Les pregunté extrañada, por qué, sabiendo lo que ocurriría, no habían buscado un refugio más seguro. Me contaron que les habían llegado noticias de auténticas masacres en otras ciudades, que la gente que se escondió en el metro o en otros lugares públicos había muerto por el gas, y que la única manera de sobrevivir era evitar que entrara. Por eso habían forrado el portal de arriba abajo, pues era el único sitio en el que cabían todos.

Les pregunté qué iban a hacer después y me contaron que en eso no se habían puesto de acuerdo: algunos pensaban marcharse esa misma noche. Yo también pensaba hacerlo, aunque no tenía muy claro a dónde.

Debían ser las ocho y pico. Me ofrecieron cenar algo con ellos y acepté, no tenía nada claro si iba a ser fácil o no encontrar alimento. Me senté al lado de mi primera benefactora:

- Me llamo Nuria -les dije, porque a pesar de llevar horas allí no nos habíamos presentado.

Me saludaron todos y me fueron uno a uno diciendo sus nombres. A los dos minutos ya no me acordaba de la mitad, pero sí del de ella: se llamaba Diana y un chico, que por el increíble parecido debía ser su hermano, se llamaba Marcos. Si no fuera porque tenían distinto género, habría dicho que eran gemelos.

Raza Humana: El legado de Ungut © María Las Heras, [2019]

- Nuria, nosotros vamos a intentar salir de Madrid esta noche. ¿Quieres venir con nosotros? -me dijo Diana. Me lo pensé un momento, quería salir de allí, aunque no sabía a dónde y marcharme sola tampoco me parecía una gran opción, así que les dije que sí.

- ¿Sabes montar en moto? Si no sabes, te podemos llevar -dijo Marcos.

- Si, yo tengo moto, pero de 125cc -les dije.

- Bueno estás son un poco más grandes, tendrás que ir con cuidado, porque, aunque no creo que nadie te pida el carné, andan un poquito más que una 125cc -me dijo Diana sonriendo.

- ¿Y tenéis una para mí? -pregunté.

Me dijeron que Marcos trabajaba en un taller de motos, y que las iban a coger "prestadas".

La huida

A las diez y cuarto salimos los tres del portal. El panorama era desolador, todo estaba lleno de cristales. Me fijé y, en el suelo, había un montón de pájaros muertos. Pero no era lo único muerto que había en el suelo: la gente que se había quedado en sus casas pensando que estaría protegida se había asfixiado al reventar los cristales y algunos, presas del pánico, habían saltado por la ventana. La escena era dantesca.

El taller de Marcos estaba a tres manzanas. No parecía haber rastro alguno de los invasores, al menos en tierra. Por lo visto en otras ciudades había pasado igual, lo que no sabíamos era si luego habían vuelto o no, porque, una vez que soltaban el gas, ya no volvía a haber mas comunicación. Ningún equipo electrónico sobrevivía a la tormenta, así que cogimos tres motos de las que se arrancan con el pedal. Marcos cogió algunos repuestos para evitar sustos. Me dieron un casco y una chaqueta y salimos de allí lo más rápido que pudimos.

La ciudad estaba completamente desierta. Parecía como si no quedase vivo nadie más en varios kilómetros a la redonda.

En cuanto pudimos nos salimos de la autovía para coger una carretera secundaria. Subimos un puerto de montaña y finalmente nos desviamos por un camino forestal. Dejamos las motos escondidas tras unas retamas. Ascendimos un par de kilómetros más, hasta llegar a una zona en la que había una gran roca desde la que podíamos ver Madrid y varios de los pueblos más grandes de entorno. Entonces la vi por primera vez: era una nave descomunal, estaba situada por encima de las nubes rojas, que llegaban bastante más allá de la ciudad. Prácticamente las teníamos bajo nuestros pies. Permanecía inmóvil, como suspendida. Emitía una extraña luz rojiza, probablemente la culpable del color de las nubes.

Diana y Marcos habían traído una pequeña tienda de campaña y dos sacos, los unimos para caber los tres. La verdad es que se agradecía el calor humano, aunque estaba a punto de entrar el verano, estábamos a bastante altura y por la noche hacía frío.

No había demasiado sitio. Diana se había colocado en el centro, yo me coloqué de espaldas a ella. Quizá fue cosa mía, pero tuve la sensación de que Marcos se sentía un poco molesto de que Diana se hubiese puesto a mi lado, aunque para mí era lo más lógico. Estábamos tan cerca que notaba como se iba quedando dormida. Antes de hacerlo me rodeó con sus brazos. Aquello me recordó cuando dormía con mi hermana pequeña: siempre se me abrazaba como un koala. Al final, yo también me dormí.

A la mañana siguiente me desperté muy temprano, apenas había amanecido, Marcos no estaba en la tienda y Diana seguía abrazada a mí a pesar de que yo había cambiado de postura. La retiré con cuidado para no despertarla y salí a ver qué hacía Marcos.

Estaba preparando un café en un pequeño camping gas.

- Buenos días -le dije.

- Hola, ¿has dormido bien? -preguntó.

- Si, calentita al menos. Tu hermana se me abrazó y se quedó dormida -le dije sonriendo.

Raza Humana: El legado de Ungut © María Las Heras, [2019

- Vamos, que no te ha dejado moverte en toda la noche. Si tenías frío podías haberte puesto a mi lado, doy más calor que ella -dijo y nos reímos los dos.

En ese momento Diana salió de la tienda.

- Perdóname, Nuria, es que suelo dormirme abrazada a la almohada... salvo que tenga algo mejor a lo que agarrarme -dijo sonriente.

No supe muy bien cómo tomarme aquello, así que lo dejé pasar.

Cuando terminamos de desayunar volvimos a subir a la roca. La nave seguía en el mismo sitio, pero las nubes habían desaparecido. Estábamos demasiado lejos como para distinguir si había algo de movimiento en la ciudad.

- ¿Qué vamos a hacer? -preguntó Diana.

Marcos sacó un mapa y lo desplegó sobre la roca.

- Tenemos que alejarnos de las grandes ciudes -dijo con determinación, mientras nos señalaba en el mapa la zona más despejada.

Yo estaba preocupada por mi gente, pero sabía que volver era un suicidio. Lo más probable era que estuviesen todos muertos. De momento alejarse lo más posible de aquellos monstruos parecía la única opción.

- Deberíamos ir hacia León, allí hay un montón de pequeñas aldeas. Seguro que podemos encontrar algún lugar donde escondernos hasta tener un plan mejor -dije.

- Es buena idea -dijo Diana.

- Saldremos esta noche. No sabemos si en el camino hay más naves y darnos de bruces con una sería muy peligroso -dijo Marcos.

El resto del día lo pasamos allí. Encontramos cerca un pequeño arroyo de agua cristalina y aprovechamos para rellenar las botellas y darnos un baño, porque hacía bastante calor.

Raza Humana: El legado de Ungut © María Las Heras, [2019]

Marcos y Diana se pusieron a jugar con el agua, se notaba que eran hermanos. Yo les veía desde la orilla, me gustaba mirarlos, eran tan parecidos y a la vez tan diferentes.

Diana se acercó a mí y me dio la mano para que me uniera a ellos. Marcos salió corriendo del agua y me cogió en brazos, pero Diana no me soltaba. Sentí que me convertía en la cuerda de la que los dos tiraban. Como no me quería romper, miré a Marcos y le pedí que me bajara. Lo hizo lentamente, sin dejar de mirarme a los ojos. Pensé que me iba a besar. En ese instante Diana tiró de mí de nuevo, y vi cuán parecidos eran sus ojos a los de Marcos. Y no sólo eso: su mirada era como un espejo que me enseñaba los mismos anhelos, los mismos deseos.

Me pareció que estaba desvariando un poco, seguramente todo aquello no eran más que imaginaciones mías, fruto de la tensión vivida en las últimas horas. Me alejé un poco, subiéndome de nuevo la roca para ver si había cambiado algo, pero todo permanecía igual.

Recogimos la tienda y el resto de las cosas, cenamos algo y aprovechamos los últimos rayos del sol para llegar hasta las motos.

A las diez y media volvimos a la autopista. La circulación era mínima, apenas nos cruzamos con dos o tres coches en cada sentido.

Paramos en una gasolinera. No había nadie atendiéndola. Las puertas estaban abiertas y quedaban pocas cosas en las estanterías; no éramos los primeros que pasábamos por allí. Cogimos todo lo que pudimos cargar en las motos, sobre todo comida, ropa y cosas de primera necesidad.

En una vitrina cerrada había ballestas y cuchillos de monte. Las llaves estaban tiradas en el suelo. Nos llevamos las armas. Era muy probable que, antes o después, tuviésemos que cazar para sobrevivir.

Antes de salir les propuse ir hacia la Sierra de Ancares. Había estado por allí el pasado otoño con Jorge y sabía que contaba con una naturaleza salvaje y en un momento dado podríamos cazar o incluso pescar. Además, había visto muchas construcciones de piedra abandonadas, que podrían servirnos de refugio. Les pareció bien y partimos hacia allá.

Queríamos llegar lo antes posible a un lugar apartado, así que decidimos no salirnos de la autovía hasta que estuviéramos cerca. De camino vimos, sobre las poblaciones más grandes, varias nubes como la que había cubierto Madrid, pero mucho más pequeñas y no había rastro de ninguna nave alienígena.

Muy cerca del punto donde debíamos desviarnos hicimos una parada. Yo no estaba acostumbrada a montar tanto tiempo en moto y casi ni sentía las piernas. Marcos me ayudó a bajarme y me recomendó que me estirara un poco. Diana me pidió que me tumbara y me cogió las piernas por los tobillos, las agitó con fuerza. Sentí un gran alivio, como si de nuevo la sangre circulara por ellas. La verdad es que los dos eran encantadores conmigo.

Mientras todos descansábamos un poco, Diana sacó una pequeña radio y la encendió. Intentó sintonizar alguna emisora en FM sin éxito. Le dije que probara con AM. Entonces escuchamos el mensaje de las autoridades, que repetían una y otra vez. Pedían a la gente que se refugiara en los centros que se habían habilitado al efecto, en las poblaciones más grandes de cada comarca. Aquella fue una medida nefasta: poblaciones enteras fueron aniquiladas en polideportivos, hospitales, centros culturales y ayuntamientos. Sólo los que se quedaron fuera de esas zonas, o tomaron medidas especiales para protegerse del gas, sobrevivieron.

Ya hacía un buen rato que habíamos dejado atrás la autovía. Nos habíamos metido por una pequeña carretera local, que por momentos parecía más un camino que una carretera. Comunicaba varias aldeas entre sí. Llamamos a las puertas de las que parecían habitadas, pero no salió nadie: todo el mundo había hecho caso a las autoridades.

Eran casi las cinco de la mañana. Buscamos un lugar donde resguardarnos antes de que amaneciera. Encontramos un viejo establo, tenía cuatro paredes y un techo, nos pareció perfecto. Metimos dentro las motos, plantamos la tienda de campaña y volvimos a unir los sacos para dormir un poco. Estábamos muy cansados. Esta vez Diana se tumbó dándome la espalda. De alguna manera echaba de menos su compañía. Me acerqué a ella, pero no me atreví a abrazarla. Entonces me agarró la mano y sentí un gran alivio, el miedo y la soledad se marcharon mientras se trenzaban nuestros dedos. Me acurruqué en el cobijo de su cuerpo, sin evitar que mi cara rozara su espalda. En seguida nos quedamos dormidos los tres.

Serían las nueve de la mañana cuando nos despertó un ruido. No fuimos los únicos extrañados: los perros de los alrededores, que se habían quedado solos, estaban ladrando como locos. Subimos a la parte de arriba del establo. Había una pequeña ventana, nos asomamos por ella y vimos una nave. Era bastante más pequeña que la que había sobre Madrid, estaba dando vueltas, dando la sensación de que buscaba signos de vida humana. Permanecimos escondidos y en silencio. No teníamos muy claro cual era su método de observación, ni que tecnología tenían para detectarnos, pero poco más que eso podíamos hacer en ese momento.

Raza Humana: El legado de Ungut © María Las Heras, [2019]

Aquel incidente nos hizo reflexionar: teníamos que buscar un lugar menos descubierto; en aquella zona casi todo eran pastos y, aunque había algunos árboles, no eran suficientes como para ocultarnos si volvían por allí. Decidimos que en cuanto cayese el sol seguiríamos nuestro camino.

La granja

Llevábamos casi una semana de aquí para allá sin encontrar un sitio lo suficientemente bueno para quedarnos, cuando la moto de Diana se paró: se había quedado sin gasolina. Eso quería decir que a las otras tampoco les debía quedar mucha. Nuestra huida se complicaba.

Recordé que el día anterior había visto una granja con un cercado en el que había varios caballos, lo comenté y decidimos volver a por ellos.

Escondimos las dos motos en la parte de atrás y forzamos una ventana para entrar en la casa. Sus dueños debían haber salido precipitadamente de allí: aún había platos sucios en la pila.

La casa tenía de todo, incluso un grupo electrógeno y agua corriente. No parecía la casa de unos ganaderos, más bien de alguien de ciudad que se había ido al campo a poner un negocio.

Detrás de la casa había un pequeño bosque y a unos treinta metros otro paraje arbolado que resultó que escondía un riachuelo.

Nos pareció que no estaba mal para quedarnos por allí una temporada. Necesitábamos parar un poco. El cansancio ya empezaba a pesar bastante, no habíamos dormido más de cuatro horas seguidas desde que salimos de Madrid y la idea de una cama era absolutamente cautivadora. Además, ninguno sabíamos montar bien a caballo, debíamos practicar antes de aventurarnos con ellos por la noche, sin luz y sin conocer el camino.

Raza Humana: El legado de Ungut © María Las Heras, [2019]

La casa, a pesar de ser bastante grande, sólo tenía dos dormitorios, uno de matrimonio y uno más pequeño en el que había una cama individual, que, por la decoración, debía de ser de un adolescente, probablemente el hijo. Más tarde lo corroboramos por las fotos que encontramos de la familia.

Les pregunté que, si querían dormir juntos, yo podía quedarme con el cuarto pequeño. Los dos me miraron dejándome claro que era yo quien debía decidir. Me había acostumbrado a tener cerca a Diana, quizá fue egoísta por mi parte decidir quedarme con ella. Noté la decepción en la mirada de Marcos. Yo no buscaba nada más que su compañía y, aunque sentía que no era lo mismo que ella buscaba en mí, la elegí para no sentir miedo cada noche.

El día siguiente fue como si fuera fiesta. Habíamos dormido de muerte, nos habíamos duchado y además la casa tenía la despensa a tope con lo que habíamos desayunado como reyes. Si no fuera por lo que estaba pasando en la Tierra, aquel era un lugar increíble para vivir.

Mientras Marcos y Diana estaban abajo recogiendo las cosas del desayuno, yo me subí a revisar los armarios para ver si encontraba algo de ropa que nos pudiese servir. Había varias cosas interesantes y bajaba para contárselo cuando les oí discutir, hablaban de mí, así que no pude evitar quedarme escuchando.

- Marcos, no des por sentado que Nuria te va a elegir a ti, a lo mejor te llevas una sorpresa -dijo Diana.

- Diana, no todas las chicas entienden, te vas a estrellar con ella -dijo Marcos con cierta chulería.

- Bueno, ya veremos. Siempre que has luchado contra mí has perdido -le dijo con sonrisa socarrona.

- Es posible, pero ahora tengo una ventaja y tú lo sabes -dijo Marcos. Decidí bajar haciendo un poco de ruido, quería cortar aquella conversación. Confieso que me halagaba gustarles a los dos, pero de ninguna manera quería ser el motivo de la escisión de nuestro pequeño grupo.

Diana me vio primero.

- ¿Has encontrado algo? -me preguntó.

- Sí, hay bastantes cosas que podríamos aprovechar, aunque hay muchas más de hombre que de mujer; pero bueno, al fin y al cabo, estamos en el campo -les dije sonriendo.

Ese día nos lo tomamos totalmente de relax, bajamos al río, montamos a caballo y recorrimos los alrededores sin alejarnos demasiado. Por la noche nos arreglamos con la ropa que habíamos encontrado en la casa y nos preparamos una cena especial.

Yo no quería tener secretos con ellos. De momento no teníamos noticias de que hubiese muchos más seres humanos por allí, ni siquiera si la gente que se había quedado en el portal seguía con vida, así que decidí hablarles.

- Chicos, quiero que sepáis que esta mañana os oí cuando hablabais de mí. Yo no quiero ser un elemento de discordia, debemos permanecer unidos los tres -les dije intentando terminar con esa pelea entre hermanos, en la que el premio era yo.

Se quedaron callados un momento y entonces Marcos habló:

- No tienes que preocuparte, nosotros respetaremos tu elección -me dijo cogiéndome la mano.

La retiré suavemente, intentando que no lo interpretara como un rechazo y le dije:

- No quiero elegir entre vosotros dos, no puedo elegir.

- les dije poniéndome un poco seria.

Marcos siguió hablando.

- ¿Pero a ti te gustan las chicas? -me preguntó directo.

- A mí me gustáis vosotros. Yo siempre he salido con

Raza Humana: El legado de Ungut © María Las Heras, [2019]

chicos, pero no puedo negar que hay algo en Diana que me atrae y también en ti. Realmente es extraño porque es como si me atrajera lo mismo de los dos, no sé como explicarlo. -les dije ruborizándome ligeramente.

- Marcos, creo que deberías decírselo -dijo Diana mirando fijamente a su hermano.

Marcos se levantó y fue a por otra botella de vino, la abrió y sirvió a todos.

- ¿Qué es lo que deberías contarme? ¿Estás casado o algo así? -pregunté.

Noté que Marcos se sentía muy incómodo con la conversación y decidí cortarla.

- Desde que llegaron los alienígenas el mundo ha cambiado. Es como si nosotros tres hubiésemos vuelto a nacer. Si hay algo del pasado que no te guste, bórralo y ya está -

Se quedó mirándome, sabía que era mejor contármelo ya, antes o después el tema saldría y, si no lo había hecho, era posible que yo no se lo perdonase.

- No, no. Diana tiene razón -dijo con la voz ligeramente quebrada.

Diana vio que su hermano estaba haciendo el esfuerzo y decidió ayudarle. Lo miró pidiéndole su consentimiento y él se lo dio.

- Verás Nuria: yo tenía una hermana gemela, se llamaba Marta. Ella no era feliz con el género que le había tocado. Desde muy pequeña soñaba con ser un chico, así que cuando cumplió los diez y ocho años decidió dar el paso y transformarse definitivamente en aquello que siempre se había sentido y se operó. Ahora tengo un hermano, se llama Marcos y sigue siendo mi gemelo, aunque ya no frente a un espejo -dijo acercándose a su hermano y besándole en la mejilla. Yo me quedé un poco sorprendida. Es verdad que el enorme parecido me intrigaba, y no sólo el parecido físico, era algo más, y aquello lo explicaba. Por otra parte, no sabía como afrontar aquello. No es que yo a priori tuviese ningún prejuicio, pero de pronto mi mundo heterosexual había dado un giro de 180 grados, no sabía cuál de las dos relaciones me asustaba más. Lo que no podía negar, es que los dos me atraían.

- Ya que habéis sido sinceros conmigo voy a intentar serlo yo con vosotros. Los dos me gustáis, pero no sé si sería capaz de tener una relación con ninguno de los dos - les dije bajando la mirada.

Diana se quedó mirándome, veía perfectamente mis miedos. Se acercó a mí y me dio un delicado beso en los labios. Noté que un escalofrío recorría mi cuerpo. En otra circunstancia era posible que aquello no hubiese acabado ahí, pero ella no pensaba darme más, al menos en ese momento.

Se volvió a sentar y dijo:

- Lo que tenga que ser será, no te preocupes ahora por elegir. Disfrutemos de esta noche.

Los tres levantamos nuestras copas y brindamos por un futuro mejor. Cuando terminamos la segunda botella, ya íbamos bastante contentos, así decidimos irnos a acostar.

Diana y yo entramos en el dormitorio y Marcos se quedó un momento en el umbral mirándonos. Yo sabía lo que significaba aquella mirada, pero no estaba preparada. Encogí los hombros y él se marchó. Cerré la puerta.

Me senté al borde de la cama y contemplé a Diana mientras se quitaba la ropa, ella sabía que la estaba mirando y lo hizo lentamente, cuando estaba completamente desnuda se acercó a mí.

- ¿Quieres que me vista para dormir? -me dijo mientras levantaba con sus dedos mi mentón para que no pudiese evitar mirarla. Yo no sabía qué decirle. En ese momento me di cuenta de que no era tan libre como yo creía ser. Ella me atraía muchísimo, pero, si le decía que no, estaría tomando una decisión para la que no estaba preparada, así que no dije nada.

Diana se dio cuenta de que no podía poner esa decisión en mis manos, así que decidió actuar sin preguntar más. Me levantó y me quitó con cuidado la ropa, me llevó hasta la cama y me tumbó en ella, se inclinó sobre mí y me besó. Yo ya no pude resistirme más y la besé apasionadamente. Nunca había besado a una mujer. Esa mezcla de ternura y pasión me hizo estremecerme. Sentí como su cuerpo se apoyaba en el mío, aunque lo estaba deseando no me atrevía a tocarla. Ella me sonrió.

- ¿De qué tienes miedo? -me preguntó

- De todo -le dije mirándola a los ojos.

Ella volvió a sonreír.

- Tengo miedo de lo que estoy sintiendo por ti, de lo que siento por Marcos y, sobre todo, tengo miedo de perderos a los dos -le dije abrazándome a ella.

Ella sabía que yo estaba en sus manos, que si quería me entregaría a sus deseos, pero también sabía que no era suya, no totalmente, una parte de mí deseaba a su hermano y sólo yo podía decidir con quien quería estar. Se quedó un momento pensativa y al fin dijo:

- Nuria, no tienes que decidir, esto no es un para siempre y nada se va a romper, pero esta noche vas a ser mía -

Después de aquello ya no hablamos más. Sus manos comenzaron a acariciarme, y el placer que ella me daba y el deseo que yo sentía tomaron las decisiones por mí. Me dejé llevar por ese torrente de sensaciones hasta el éxtasis de los sentidos, hasta que las dos caímos rendidas de tanto amor.

El asentamiento

Los primeros rayos de sol entraron por la ventana del dormitorio, Diana seguía dormida, desnuda sobre la cama. Me di cuenta de que seguía deseándola, quería estar con ella, al menos ese día, en ese momento.

De pronto volví a oír un ruido, como el de aquel día en el establo. Me asomé con cuidado a la ventana. La nave dio varias pasadas sobre nuestras cabezas, y al final la vi tomar tierra en una explanada a unos cinco o seis kilómetros de la casa.

Marcos entró de repente en el dormitorio para avisarnos, vio que estábamos desnudas y entendió lo que había pasado. Dijo:

- Están aquí, ¡vestíos! -y salió bajando la mirada.

Nos vestimos rápidamente y bajamos a la cocina. Marcos estaba mirando por unos prismáticos.

- Han salido de la nave, al menos son seis, quizá más - dijo pasándonoslos para que también pudiésemos verlos.

Me extrañó lo parecidos que eran a nosotros; no les veía en detalle, pero sí podía ver que eran bípedos, que andaban como los humanos y su tamaño era similar al nuestro, quizá un poco más altos. Si no fuera por lo que sabía que había pasado, habría dicho que eran personas disfrazadas de marcianos.

- ¿Qué vamos a hacer? Están demasiado cerca para huir, al menos de día -les dije.

- No vamos a huir. Tenemos que saber más de ellos, saber si podemos combatirlos de alguna manera antes de que aniquilen por completo a la raza humana -dijo Marcos.

- Están construyendo algo -dijo Diana y añadió:

- Creo que piensan quedarse algún tiempo por aquí.

De pronto observamos algo extraño: un perro que vagaba sólo por el campo se había acercado a ellos. Al principio les ladraba, pero finalmente se mostró manso. Uno de ellos le estaba acariciando y el animal parecía complacido de su compañía. ¿Cómo era posible que aquellos asesinos galácticos, causantes del mayor holocausto que había sufrido nuestro planeta, se comportaran de manera tan "humana"?

Nos quedamos pensativos los tres. No cabía duda de que aquellos seres tenían emociones.

- Esta noche me acercaré a su campamento; necesito observarlos más de cerca -dijo Marcos.

- Iremos los tres -dije yo.

- ¡Ni hablar! Iré solo. Así me será más fácil esconderme. Si me pasa algo debéis estar preparadas para huir -dijo mirando a su hermana.

Yo iba a protestar de nuevo, pero Diana me paró.

-Nuria, tú y yo tendremos todo dispuesto. Marcos sabe lo que se hace, ¡confía en él! -dijo agarrando a Marcos de la mano.

Durante el resto del día, hicimos turnos para vigilar sus movimientos. Seguían levantando su campamento sin alejarse de la nave. A mí me preocupaba que, una vez que lo hubiesen terminado, el siguiente paso fuera explorar la zona.

Antes del ocaso se recogieron todos. Aunque no podíamos estar seguros, pensábamos que de alguna manera necesitaban la luz para estar activos. Si era así, esa podía ser nuestra oportunidad de vencerlos.

Marcos se estaba preparando para salir. Cogió una ballesta y un cuchillo, también una linterna, algo de agua y ropa oscura que le hiciese lo más invisible posible. Cuando ya estaba listo, bajó a nuestro encuentro, se acercó a su hermana y la abrazó. Luego se paró delante de mí, yo me acerqué a él, le iba a besar pero me detuvo. - Si no vuelvo cuida de Diana. Cuidad la una de la otra -dijo, y sin volver la vista atrás, salió decidido hacia el campamento alienígena.

Diana y yo preparamos todo lo necesario. Ensillamos tres caballos y cogimos lo indispensable para resistir unos cuantos días a la intemperie. No sabíamos con qué nos podíamos tropezar en el camino, ni si encontraríamos fácilmente algún refugio.

Habían pasado varias horas y Marcos no había vuelto; apenas faltaban tres horas para que amaneciera. Ninguna de las dos quería tomar la decisión de marcharse pero, si esperábamos demasiado, no podríamos hacerlo.

- Esperaremos una hora más y, si Marcos no ha vuelto, nos iremos -dijo Diana tomando la decisión por las dos.

Yo asentí con la cabeza.

Quedaban cinco minutos para que se cumpliese la hora, cuando oímos que Marcos se acercaba. Respiramos con alivio.

Entró en la casa. Venía exhausto. Le ayudamos a quitarse el abrigo y le trajimos algo de beber.

- Los he visto, son ocho. La estructura que han levantado es de un extraño tejido, emite luz hacia dentro del recinto. Sólo pude levantarla un poco con un palo, al intentar tocarla con la mano, soltó una descarga eléctrica, que me dejó inconsciente al menos una hora. Llevan una especie de respirador, supongo que no pueden respirar directamente nuestro aire -dijo Marcos.

- ¿Estaban despiertos? ¿Se comunicaban? -le pregunté.

- Creo que estaban dormidos, aunque era extraño porque mantenían los ojos abiertos. Estoy casi seguro de que esos seres necesitan la luz para vivir -afirmó con seguridad.

- Entonces quizá debiéramos atacarles por la noche -dijo Diana. Nos quedamos los tres callados: de momento no habíamos hecho mas que huir y sobrevivir y la idea de pasar al ataque era tentadora, pero había muchas incógnitas.

Raza Humana: El legado de Ungut © María Las Heras, [2019]

Por otra parte, estábamos demasiado cerca de ellos y ya era tarde para marcharnos. Les dije que se fueran a dormir un rato, yo haría el primer turno de vigilancia.

Me preparé café y me senté cerca de la ventana con los prismáticos. Aún quedaba una hora para que amaneciera.

Mientras esperaba se me ocurrió revisar los muebles del salón. En uno de los muebles bajos encontré un equipo electrónico, lo saqué para ver qué era: era un equipo de radioaficionado. Pensé que quizá pudiera sernos útil para averiguar si había alguien más ahí afuera. Estaba entretenida en conectarlo cuando empezó a amanecer.

Volví a la ventana. Parecía no haber ningún movimiento en el campamento alienígena cuando los vi salir. Cuatro de ellos, de pie junto a la estructura, miraban hacia nosotros y señalaban la granja.

Me di cuenta de que iban a comenzar a explorar la zona y su punto de partida era nuestra casa.

Subí corriendo y desperté a los chicos.

Bajé a la parte de atrás y guardé los caballos en el establo. Con unas tablas, tapié las ventanas para que hubiera la máxima oscuridad posible. No podíamos permitirnos perderlos.

Mientras, los chicos habían subido nuestras cosas a la buhardilla. Se accedía a ella por una trampilla, que había en un pequeño trastero en la planta de arriba. Me subí el equipo de radiofrecuencia y nos escondimos los tres allí. Era un buen sitio, pero sólo si se convencían de que en la casa no había nadie; si no, más bien sería una ratonera.

Se abrió la puerta de abajo. Los oímos comunicarse en una extraña lengua, una mezcla de chasquidos y sonidos guturales, que tenía cierta musicalidad.

No estuvieron mucho tiempo en la casa, creo que dieron por sentado que no había nadie allí. Seguramente no era la primera que registraban y, si todas las demás estaban vacías, ¿por qué iba a ser esta diferente?

Yo era consciente de que había cosas que a un humano le habría chocado encontrarse en una casa que llevaba diez días abandonada. Pero ellos no eran humanos. Al rato bajamos, ya no había rastro de ellos. No teníamos muy claro dónde habían ido, pero sí que volverían como tarde antes de que se pusiese el sol.

Miramos con los prismáticos. Los otros cuatro estaban cerca de su campamento. Había uno que parecía ser el jefe del equipo: todos se acercaban a él antes de hacer ningún movimiento.

El rescate

Serían las siete de la tarde cuando les oímos llegar. No venían solos: traían a dos chicas, una tendría unos diez y siete años y la otra no pasaba de doce. La pequeña lloraba amargamente mientras la otra trataba de consolarla.

Hasta entonces nuestro plan era salir esa misma noche de allí, pero no podíamos dejarlas abandonadas.

Vimos cómo las llevaban ante el que pensábamos que era el jefe. No parecía que, al menos de momento, fueran a hacerles daño, pero ¿qué podíamos esperar de unos seres que habían aniquilado sin dudarlo a millones de personas?

Quizá buscaban diezmarnos y luego utilizarnos como esclavos o experimentar con nosotros. En cualquier caso, no podíamos quedarnos de brazos cruzados ante aquel rapto.

- Debemos atacarles esta misma noche, mientras estén dormidos -dijo Diana.

- Tú dijiste que pudiste levantar la tela con un palo, pero que al tocarla te dio una descarga, ¿no? -pregunté a Marcos.

- Sí, creo que hay algún tipo de campo electromagnético que les rodea -confirmó Marcos.

-Entonces debemos rasgarla con materiales aislantes, plástico, madera, vidrio… quizá con una botella rota -les dije mientras empezaba a buscar a mi alrededor cosas que pudiéramos utilizar.

- Es buena idea. Iremos a caballo para poder huir si las cosas salen mal. Nos llevaremos las ballestas y las dos escopetas que encontramos aquí. Es posible que una vez que rasguemos la tela tengamos que defendernos -dijo Marcos.

Raza Humana: El legado de Ungut © María Las Heras, [2019]

- De acuerdo. Vamos a cenar algo y luego cogeremos todo lo necesario -dijo Diana.

Rompimos varias botellas y comprobamos que podían cortar una tela, al menos una terrestre. Fabricamos algunas herramientas de madera, unas con filo y otras con punta, y nos las repartimos en tres mochilas. Cogimos cada uno una ballesta y Marcos y yo cogimos las escopetas. Diana quedó encargada de rescatar a las chicas.

Eran las doce. A caballo no tardaríamos más allá de quince minutos en llegar hasta los alienígenas. Aseguramos bien las monturas y salimos en misión de rescate.

A unos veinte metros del objetivo había un árbol, atamos a él los caballos y sacamos las cosas. Nos colocamos a un par de metros uno de otro y, a la señal de Diana, rasgamos de arriba abajo la tela. La luz interior comenzó a parpadear y los alienígenas se levantaron de golpe, como si les faltara el aire. Vimos a las chicas sentadas en un rincón y les gritamos que se echaran al suelo, empezamos a disparar hasta que no quedó ni uno vivo. No pudieron ni defenderse. Ahora lo teníamos claro, podían ser superiores tecnológicamente -sin duda lo eran- pero por la noche, en el cuerpo a cuerpo, lo éramos nosotros.

Diana se había llevado a las chicas fuera de aquel infierno. Estaban abrazadas a ella llorando. Cogimos los caballos y nos fuimos de allí. Ya volveríamos al día siguiente a inspeccionar la zona.

Llegamos en seguida a la casa. Las chicas entraron con Diana, mientras Marcos y yo nos llevamos los caballos al establo.

En el trastero me había parecido ver un colchón hinchable. Subí a buscarlo y, efectivamente, allí estaba. Lo llevé al despacho, retiré la mesa y les organicé, lo mejor que pude, un cuarto para que pudieran descansar. Les puse sábanas y busqué algo que pudieran usar para dormir. Cuando todo estuvo listo bajé. Les estaban contando a

Diana y a Marcos que, cuando pasó todo, habían ido a buscar a su abuela que estaba sola. Intentaron bajar con ella, pero viendo que no les iba a dar tiempo, decidieron quedarse las tres en la cabaña. A los dos días, cuando pensaban que ya habría pasado el peligro, bajaron al pueblo. Allí se encontraron a todos muertos, así que volvieron a la cabaña.

Ayer aparecieron los alienígenas, su abuela se enfrentó a ellos para intentar que no se las llevaran y la mataron a sangre fría con una especie de látigo.

Aunque no parecía que les fuesen a hacer daño, todo el tiempo se sintieron aterrorizadas. Lo que no esperaban, desde luego, es que nadie fuera a salvarlas: nos dieron mil veces las gracias. Nos abrazamos todos. Fue un momento muy emotivo.

Les dimos algo de cenar y las acompañamos a la habitación que les había preparado.

Nosotros también nos fuimos a dormir. Aunque estábamos bastante excitados con nuestra victoria, sabíamos que nos quedaban pocas horas de sueño. Por la mañana tendríamos que subir de nuevo y ver lo que habían dejado allí los alienígenas.

Diana cogió un par de vasos y una botella de whisky, me agarró de la mano y me llevó al dormitorio.

- ¿Te apetece una copa? -me preguntó cuando hubo cerrado la puerta.

- La verdad es que sí - le dije sin dudarlo.

Sirvió el whisky y se sentó a mi lado en la cama.

- ¡Has estado increíble! No pensé que fueras tan salvaje -me dijo riéndose mientras levantaba el vaso brindando al aire.

- Yo tampoco, ¿pero sabes qué? ¡Me he sentido viva! - le dije mientras me acercaba y le daba un beso.

Ella sonrió complacida ante mi iniciativa. Y me preguntó:

- ¿Esto es un sí? - - Sí -le dije sin más.

Aquel día se me quitaron todos los miedos: después de haber vencido a los invasores extraterrestres, reconocer que me gustaba una mujer no me pareció en absoluto un problema. Me sentía poderosa, me daban igual los juicios y los prejuicios, me daba igual todo; en ese momento sólo quería sentirla a mi lado, así que me desnudé para ella y le pedí que viniera. Antes de que me diera cuenta estaba tumbada a mi lado, dispuesta como la amante del guerrero. La cogí con decisión poniéndola sobre mí y ella tras besarme los labios, siguió recorriendo mi cuerpo sin olvidarse ni un solo centímetro. Fueron los preliminares más intensos de mi vida: su boca, que conocía el camino como si lo hubiese recorrido mil veces, como si mi cuerpo hubiese sido siempre suyo, me llevó a las puertas del delirio, mientras sus manos, que ya jugaban entre mis piernas me dejaban entregada, rendida, extasiada de tanto placer. Tiré de ella, necesitaba besarla, necesitaba que sintiera lo mismo que yo y sellar así nuestro amor. Era la primera vez en mi vida en la que tenía más necesidad de dar placer que de sentirlo... me di cuenta de que me había enamorado de ella.

Al final se durmió en mis brazos. A mí también me estaba venciendo el sueño, pero antes de dejarme llevar por Morfeo me acerqué a su oído y le susurré: "te quiero".

Cuando despertamos ya estaban todos en pie. Yo no quería salir de esa cama, pero sabía que teníamos cosas importantes que hacer. Me consolé pensando que debía de ser de las pocas personas, que se sentían así de felices en el fin del mundo.

Bajamos juntas las escaleras. Se notaba a la legua que algo había empezado entre nosotras. Marcos nos miró y sonrió. No hubo que decir nada más.

Las chicas se llamaban Clara y Noelia y la pequeña nos dijo que prefería que la llamásemos Noe. Les dijimos nuestros nombres, porque el día anterior no había habido tiempo para presentaciones: con la feroz batalla habíamos tenido bastante todos.

- Vamos a ir de nuevo al campamento. Tenemos que ver qué nos encontramos allí -dijo Marcos.

- Subiremos tú y yo, Marcos. Diana puede quedarse aquí con las chicas -les dije.

Pero Clara, que a pesar de ser bastante joven era valiente, dijo:

- No, iremos todos; diez ojos ven más que cuatro.

Sólo había cuatro caballos, pero ellas eran bastante ligeras y podían montar juntas, así que estuvimos de acuerdo.

Cogimos palas para enterrar los cuerpos y varias herramientas para desmontar lo que quedaba en pie. Respecto a la nave, aún no sabíamos qué podríamos hacer con ella. Al menos tendríamos que buscar la manera de ocultarla.

Cuando llegamos, fuimos conscientes de la matanza que habíamos organizado. Nos aseguramos primero de que la estructura ya no producía ningún tipo de descarga y nos pusimos guantes para evitar tocar nada directamente con las manos: no sabíamos si podía ser peligroso. Encargamos a las chicas que recopilaran todo aquello que pareciese un arma o algún tipo de equipo de comunicación y nosotros nos ocupamos de cavar una gran fosa común. Eran bastante grandes, parecían un equipo de baloncesto, así que tuvimos que hacer un agujero enorme.

Aquellos seres se parecían bastante a un humano, aunque su color era más rojizo y prácticamente no tenían pelo, pero se veían claras diferencias de género. Los cogimos para enterrarlos y nos sorprendió que eran bastante ligeros, no pesarían más allá de cuarenta kilos, más o menos la mitad de lo que cabría esperar por su tamaño.

Hicimos dos agujeros más, enterramos en ellos la estructura desmontada y las armas y equipos que habíamos encontrado. Ninguno de ellos parecía funcionar, o al menos nosotros no sabíamos cómo hacerlo.

La nave tendría unos diez metros de largo por seis de ancho; era demasiado grande para enterrarla: habríamos necesitado una excavadora. La tapamos primero con plásticos y luego con dos grandes lonas que habíamos encontrado en la casa. Pusimos sobre ellas un montón de piedras para evitar que se volaran y echamos encima tierra y ramas, de manera que desde el aire pareciese una especie de desnivel del terreno.

Para tapar la tierra movida, colocamos unos fardos de paja, de los que se utilizan para alimentar a las vacas.

Tardamos horas en terminar: agradecimos haber ido todos, entre dos habría sido imposible hacerlo en un día.

Cuando volvimos a la casa serían casi las ocho y estábamos cansados pero satisfechos.

Bajé el equipo de radiofrecuencia y grabamos un mensaje en el que contábamos cómo habíamos eliminado a los alienígenas. Programamos su emisión diaria por la noche por uno de los canales y anunciamos que estaríamos conectados por el otro desde la puesta de sol, dos horas al menos cada día. Esperábamos que alguien lo oyera.

La familia

Habían pasado semanas desde que rescatamos a las chicas. Marcos había asumido que su hermana y yo estábamos juntas y se había propuesto otro objetivo: Clara. Le sacaba seis años, pero, dadas las circunstancias, no parecía algo insalvable. Le había contado la verdad y a ella no parecía importarle. Éramos como una familia. Sin ninguna referencia externa con la que comparar, construimos nuestro propio orden social. Diana había adoptado el papel de madre y Noe la respetaba y acudía a ella como si lo fuera. Clara, por otra parte, confiaba mucho en mí, me pedía consejo y me contaba sus dudas y sus miedos. Le gustaba Marcos, pero era demasiado joven para el tipo de vínculo que él le proponía, quería ir despacio, aunque cada vez estaba más decidida.

Cada día intentábamos explorar una zona nueva, aunque estábamos bastante limitados por el transporte y la orografía. Lo más que podíamos abarcar era un radio de unos quince kilómetros. No habíamos encontrado a nadie, pero sí muchas cosas útiles: armas, herramientas, ropa y también comida enlatada, animales y semillas.

Éramos totalmente autosuficientes, no nos quedaba otra.

Acabábamos de comer cuando de pronto se me ocurrió una idea.

- Tenemos que poner en marcha las motos - les dije de pronto.

- Pero casi no tienen gasolina, no llegaríamos muy lejos -dijo Diana. - Podemos conseguirla, he visto varios coches abandonados. Si les vaciamos el depósito, seguramente tengamos suficiente para hacer un viaje más largo y llegar hasta la carretera principal o a algún pueblo más grande -les dije convencida.

Aquella semana nuestro objetivo principal fue encontrar gasolina. Nos costó un poco porque la mayoría de los vehículos que encontramos utilizaban gasoil, pero finalmente conseguimos reunir suficiente para llenar los depósitos y almacenar algo de reserva.

Marcos puso a punto las motos esa misma tarde. Me fui con él a buscar la de Diana, que habíamos dejado escondida cuando se quedó sin gasolina. Costó un poco que arrancara, pero finalmente lo consiguió y volvimos a casa victoriosos.

De pronto se nos plantearon varias alternativas: con las motos podíamos viajar mucho más lejos, pero dejar para siempre nuestro campamento no nos parecía prudente, y tampoco queríamos dividirnos. Pensamos que, de momento, haríamos simplemente expediciones, igual que con los caballos, pero con un radio un poco mayor: empezaríamos por unos treinta kilómetros, lo que nos permitiría llegar a algunas poblaciones un poco más grandes y ver qué nos encontrábamos allí. Aunque las motos eran más rápidas que los caballos en carretera, teníamos casi una hora de camino hasta llegar a un firme que nos permitiese correr un poco.

En principio iríamos de dos en dos, para que, si había algún problema, poder volver en una de las motos.

En la casa, entre los animales y la huerta, había bastante trabajo. No podíamos estar mucho tiempo fuera si queríamos mantener nuestro medio de vida. Decidimos que saldríamos dos veces en semana. Marcos y yo, y Marcos y Diana, pues, en caso de que hubiera algún problema con las motos, él era el más indicado para resolverlo así que iría las dos veces.

Decidimos que el día siguiente sería el primero en que saldríamos. Preparamos las alforjas con las cosas básicas para la supervivencia, además de las armas y un par de cuchillos de vidrio que habíamos fabricado a partir de las botellas rotas que empleamos en nuestra batalla contra los alienígenas.

Era la primera vez, desde hacía tiempo, que me iba a separar de Diana más de una hora seguida. Cuando salíamos a caballo siempre íbamos juntas. Ninguna de las dos queríamos hacerlo, pero sabíamos que no podíamos pasarnos la vida aisladas del mundo, de la realidad de lo que había ocurrido en nuestro planeta. Teníamos que buscar a otros supervivientes, organizarnos y echar a los invasores.

Diana se despertó antes que yo esa mañana. Cuando abrí los ojos me encontré con los suyos, mirándome fijamente, parecía estar aprendiéndose de memoria mi cara.

- Prométeme que vas a ir con cuidado, que no os vais a arriesgar más de lo necesario -me dijo.

- Te lo juro -le dije yo.

Me di cuenta de que no teníamos ninguna foto la una de la otra. Recordé que en la cartera tenía una con Jorge, saqué la foto y la recorté, dejando sólo la parte en la que salía yo, y se la di.

- Esta noche estaremos de vuelta pero, si me echas mucho de menos, puedes mirarla, así recordarás que yo nunca dejo de pensar en ti -le dije mientras le daba la foto.

Bajamos a desayunar. Marcos ya había puesto café. Era muy temprano y las chicas aún dormían; no las despertamos, no queríamos que aquello fuera una despedida. Nuestra intención era estar de vuelta sobre las ocho.

Diana salió a despedirnos, abrazó a su hermano y le pidió que se cuidara y que me cuidara. Luego se acercó a mí y nos besamos apasionadamente.

- Tranquila, mi amor. Pronto esto será tan rutinario como cuando salimos con los caballos. Esta es sólo la primera vez. Te quiero, cuida de las chicas -le dije mientras arrancaba la moto. Cuando salimos de allí eran las siete de la mañana. Queríamos disponer del máximo tiempo para explorar. La primera parte era bastante pesada, el terreno era muy irregular y tardamos en recorrerlo más que con los caballos. Más o menos en una hora llegamos a una carretera local; no se podía correr demasiado, pero en aquel momento 60Km/h nos parecía una maravilla.

En el camino atravesamos varias pequeñas localidades, todas desiertas, sin rastro alguno de vida humana. No nos detuvimos. Nuestro objetivo era encontrar algún pueblo grande, donde se hubiesen reunido todas las personas del entorno.

Pronto vimos un cartel en la carretera: indicaba una localidad más grande a doce kilómetros y una carretera nacional, que podía llevarnos mucho más lejos. Un poco antes de llegar, nos desviamos por un camino que quedaba sobre el pueblo. Antes de entrar queríamos ver desde arriba qué podíamos encontrarnos. Estaba claro que aquel había sido uno de los puntos de reunión de la zona. Cerca del polideportivo había aparcados lo menos quinientos coches. Parecía el aparcamiento de un macroconcierto y lo mismo pasaba en las calles aledañas. Por lo demás, el pueblo estaba desierto, no había más movimiento que el de algunos perros, pero ni rastro ni de humanos ni de invasores.

Supongo que para ellos tampoco era un buen lugar para poner el campamento: el olor a muerte era nauseabundo.

Visto aquello, nos dimos cuenta de que, si queríamos encontrar supervivientes, no los íbamos a hallar en grandes poblaciones, sino todo lo contrario. Aquellos que, por suerte o por acierto, desoyeron el mensaje de las autoridades eran los únicos que habían tenido alguna oportunidad de salvarse.

Bajamos al pueblo para confirmar que estábamos en lo cierto. Lamentablemente así fue. Lo único bueno que sacamos de allí fue que había un montón de suministros que nos podían venir bien. Guardamos en las alforjas lo que nos pudimos llevar, que no fue demasiado, pero no había prisa, no parecía que nadie nos los fuera a quitar. Cogimos algunos caprichos y regalos para las chicas. Ya que no podíamos llevar buenas noticias, al menos llevaríamos algo de alegría.

Antes de irnos pinté con un espray en varias paredes cómo luchar contra los alienígenas y las horas y frecuencia a las que podían escucharnos por radio, por si algún otro superviviente pasaba por allí.

Sobre las seis de la tarde emprendimos el camino de regreso. Los dos teníamos ganas de llegar a casa. Lo que habíamos visto allí era demasiado horrible y necesitábamos borrarlo de nuestras mentes.

La vuelta fue bastante más rápida y sobre las siete y media estábamos llegando a la casa.

Clara y Diana estaban preparándonos una cena especial y Noe, que estaba regando la huerta, al vernos llegar corrió dentro para avisarlas. Salieron las tres a recibirnos. Clara se fue directa a Marcos y, sin dejarle bajar de la moto, le cogió por el cuello y le dio un beso de los que quitan el sentido.

- Que sea la última vez que te vas sin decirme nada -le dijo sin que él pudiese siquiera replicar.

Diana, Noe y yo nos miramos sonrientes: parecía que teníamos una nueva pareja confirmada.

Marcos saltó de la moto y la cogió por la cintura. Nosotras nos metimos en la casa y les dejamos intimidad.

- Noe, ¿qué te parece si te trasladas al cuarto de Marcos? -le preguntó Diana

- Creo que va a ser lo mejor -dijo ella riéndose.

Le pedimos a Noe que hiciera ella el traslado mientras le contamos a Clara y a Diana lo que nos habíamos encontrado. No era un relato para una niña. No es que Clara fuese una adulta, pero dada la nueva situación, y que estaba a punto de cumplir diez y ocho años, acordamos desde ese momento incluirla en las decisiones del grupo, que hasta ahora habíamos tomado los tres.

Al rato nos llamó Noe emocionada, para que subiéramos a ver la habitación. No sólo había cambiado las sábanas, la había decorado con flores, incluso había puesto un corazón de pétalos de rosa sobre la cama. Clara la abrazó y le dio las gracias.

Marcos nos contó que habló con Clara y le dijo que, aunque durmieran juntos le dejaría el tiempo que necesitase, que no tenía prisa en hacer el amor con ella, que esperaría a que estuviera preparada. Ella se lo agradeció: nunca se había acostado con ningún chico y también prefería ir paso a paso. Diana y yo sabíamos que ese tiempo iba a ser breve pero entendimos que con esto lo que Marcos nos estaba pidiendo era que no presionásemos a Clara, puesto que él estaba dispuesto a esperarla.

Nos sentamos todos a cenar. Las chicas se habían esforzado mucho, incluso habían hecho un postre y estaba todo riquísimo. Cuando terminamos, nos miramos Marcos y yo y subimos a por los regalos que les habíamos traído. Nos lo habíamos callado para que fuera sorpresa. Habíamos encontrado una caja de juegos de mesa para Noe, tenía todos los clásicos y alguno más, y le hizo muchísima ilusión; para Clara, Marcos había cogido un colgante con un corazón: tuvo suerte y encontró uno que ponía Marcos por detrás. Fue un día perfecto para regalárselo.

Diana me miraba. Sabía que le habría traído algo especial y estaba ansiosa. Saqué dos paquetes y los puse sobre la mesa.

- Abre primero el alargado -le dije.

Lo abrió y preguntó intrigada:

- ¿Qué es? -

- Es un grabador de metales. Abre el otro -le dije sonriente.

Raza Humana: El legado de Ungut © María Las Heras, [2019]

Lo abrió despacio y encontró dentro una cajita y un sobre con una nota. La sacó y la leyó en alto: "¿Quieres casarte conmigo? Si la respuesta es sí, graba tu nombre en uno de estos". Abrió la caja: dentro había dos alianzas. Me miró visiblemente emocionada y con la voz ligeramente quebrada me dijo:

- Sí, quiero casarme contigo -se levantó y me besó.

Marcos sacó de la nevera una botella de cava que habíamos encontrado en una de nuestras últimas incursiones, nos sirvió a todos, incluida Noe, y dijo levantando su copa:

- Esto hay que celebrarlo. ¿Me permitiréis que oficie la ceremonia? -

- No veo una autoridad de mayor peso que tú en toda la comarca. ¡Por supuesto! -le dije y todos brindamos.

Las chicas también se alegraron un montón. Aunque todo aquello era más simbólico que otra cosa y, puesto que no había nadie más que nosotros cinco en muchos kilómetros, nos sentíamos con derecho a dictar nuestras propias leyes, tal y como habían hecho todos los pueblos a lo largo de la historia de la humanidad.

Elegimos como fecha de boda el siguiente domingo, aunque no sabíamos muy bien ni en qué día vivíamos (hacía mucho que no mirábamos un calendario). Echamos cuentas del tiempo que había pasado desde la fecha que no se nos olvidaba a ninguno, y calculamos que ese domingo era 8 de agosto. Nos pareció un día perfecto.

Esa semana la pasamos ilusionados con los preparativos. Pensábamos hacer la boda íntima más sonada de la comarca. Marcos y las chicas se iban a encargar de la ceremonia y del festín, y nosotras redactaríamos los documentos y buscaríamos ropa adecuada para el gran día.

Decidimos no salir más con las motos por el momento, quizá más adelante. Intentaríamos contactar con la radio también durante el día y a lo mejor teníamos más suerte.

El domingo fue un día grande en nuestro pequeño mundo. Los chicos prepararon todos los detalles, incluso engalanaron los caballos y consiguieron un pequeño carro para llevarnos al altar. Marcos nos grabó las alianzas. Nos casamos delante de la que, actualmente, era nuestra familia: no lo habríamos disfrutado más si hubiese habido doscientos invitados. Tuvimos tarta, baile y hasta suite nupcial.

Si nos hubiésemos casado en un juzgado, no nos habríamos sentido más casadas. El compromiso fue absoluto, porque nos amábamos y las dos creíamos en él firmemente.

Los chicos estaban muy animados y se quedaron abajo siguiendo la fiesta, pero nosotras teníamos muchas ganas de estar juntas, así que nos subimos al dormitorio, que Noe nos había preparado sin que faltara ni un solo detalle. Como si fuera la primera vez que hacíamos el amor, fuimos paso a paso, muy lentamente... queríamos que aquella noche se grabara a fuego en nuestra mente y lo conseguimos. Por la mañana nos subieron el desayuno a la cama. Nos vino genial para reponer fuerzas y todavía alargamos un poco más nuestra noche de bodas.

Serían las doce cuando bajamos del dormitorio. Nos estaban esperando los tres con sonrisilla malévola.

- ¿Qué tal es acostarse con una mujer casada? -preguntó Marcos guiñándonos el ojo.

- Es maravilloso, se las sabe todas -le dijo Diana siguiéndole el juego.

Nos reímos todos. Entonces Noe dijo algo que ninguno esperábamos.

- Yo había pensado que a lo mejor os gustaría tener hijos.

Nos quedamos los tres sorprendidos, no sabíamos muy bien cómo de informada estaba sobre la reproducción

Raza Humana: El legado de Ungut © María Las Heras, [2019]

humana. Pero antes de que ninguno diera el paso de explicarle cómo funcionaba aquello, Noe siguió hablando:

- Lo digo porque ahora todos tenéis a alguien, vosotras os tenéis la una a la otra, Clara tiene a Marcos, pero yo no tengo a nadie y me siento un poco sola. Por eso había pensado que, a lo mejor, vosotras me querríais adoptar, y así yo tendría dos mamás -

Diana me miró buscando mi aprobación y yo le sonreí dándosela. - Noe, Nuria y yo estaríamos encantadas si quisieras ser nuestra hija -le dijo mientras la espachurraba entre sus brazos.

- ¿Y desde cuándo puedo llamaros mamá? -preguntó con dulzura.

- Desde ahora mismo -le dije yo mientras me unía al abrazo familiar. Desde aquel día Noe no volvió a llamarnos por nuestro nombre. Nosotras la adoptamos de corazón y la tratamos como si siempre hubiese sido nuestra niña. De alguna manera, desde que las salvamos, había sido así. Por otra parte, Clara se sintió liberada y pudo volver a ser su hermana y no su madre.

Por la tarde volvimos a nuestras tareas. Clara me pidió que la ayudara a traer unos fardos de paja para las vacas. Ensillamos dos caballos y nos fuimos a por ellos.

Habíamos cogido ya todos los de las proximidades y tuvimos que alejarnos un poco. Y además era mucho esfuerzo para uno solo: pesaban casi veinte kilos cada uno. Aunque realmente era sólo una excusa para hablar conmigo.

- Nuria, tú antes de todo esto estabas con un chico ¿verdad? - me preguntó cuando ya nos habíamos alejado un poco de la casa.

- Si, con Jorge, aunque lo habíamos dejado justo el día antes de que los alienígenas atacaran Madrid -le contesté.

- Me refiero a que te habías acostado con chicos, ¿no? - preguntó de nuevo. Me di cuenta de que se estaba

Raza Humana: El legado de Ungut © María Las Heras, [2019]

planteando hacerlo con Marcos, y me quería pedir consejo. La ventaja era que me podía ahorrar la charla de los preservativos. - ¿Crees que ya estás preparada para acostarte con Marcos? -le pregunté

- Yo quiero hacerlo, pero me da un poco de miedo. Y no sé muy bien como decírselo -me dijo un poco avergonzada.

- No creo que haga falta, simplemente no pares donde sueles hacerlo. Marcos te va a tratar muy bien, no tengas miedo -le dije sonriendo.

- Es que yo te quería pedir un favor. ¿Podrías hablar con él y decírselo tú? -me pidió juntando las manos.

Le dije que sí, que estuviera tranquila, que yo hablaría con él. Cogimos los fardos y volvimos a casa.

Al llegar vi a Marcos. Estaba reparando la cerca. Me acerqué a él y le pedí que habláramos un momento a solas. Nos sentamos los dos de espaldas a la casa, le conté lo que había hablado con Clara, los miedos que tenía ella, y que no sabía cómo decírselo y me había pedido ayuda. Estuvimos un buen rato hablando. Sabía que Diana nos observaba desde la ventana de la cocina, pero quería darle a aquella conversación toda la importancia que tenía para Clara. Al final Marcos me abrazó y me dio las gracias.

Cuando entre en la casa Diana estaba un poco rara. Me di cuenta enseguida de que se había puesto celosa. Yo no podía permitir que dudara de mí ni un solo instante, la cogí de la mano y le pedí que subiera conmigo un momento al dormitorio.

- Antes de que digas nada te voy a explicar lo que ha pasado -le dije.

Ella se puso muy seria, me pareció increíble que tuviera celos, yo nunca le había dado motivos. Entonces le conté lo que había pasado y vi que se sentía un poco avergonzada.

- Perdóname por ser tan tonta -me dijo.

Raza Humana: El legado de Ungut © María Las Heras, [2019]

- No, perdóname tú a mí; debí contártelo antes de hablar con Marcos. Pero que, ni por un momento, se te pase por la cabeza, que hay alguien en este mundo que me guste más que tú, ni a quien ame ni la mitad que a ti -le dije, y la besé, y ella me devolvió el beso.

Esa fue la primera y la última vez que ella sintió celos por mí. Aquel día tomé la decisión de que siempre la iba a hacer sentir la primera y la única en mi corazón.

El invierno

Corría el mes de noviembre, los días eran bastante más cortos y el frío, sobre todo por las noches, era ya casi invernal. Estábamos bastante altos y nos dimos cuenta de que pronto el invierno llegaría, limitando mucho nuestras incursiones.

Habíamos encontrado una campana y la habíamos colocado en la puerta de la casa. Establecimos varios códigos de alarmas, tanto para avisar de un peligro como para convocar una reunión. Ese día fue Clara la que nos convocó a todos. Nos tomábamos muy en serio los avisos, así que acudimos al instante a la llamada. Cuando estuvimos todos empezó a hablar.

- Llevo toda mi vida viviendo por aquí y sé que en un par de semanas empezarán las nieves. Es muy probable que nos quedemos aislados, puede ser unos días o varias semanas -dijo poniéndonos en antecedentes de la climatología de la zona.

- Entonces debemos acumular suministros para nosotros, leña, gasoil, comida y agua, y también comida para los animales. Además, tenemos poca ropa de abrigo -dijo Marcos.

Todos estuvimos de acuerdo. Estaba claro que necesitábamos un coche, porque en las motos o en los caballos había cosas que era casi imposible transportar. Teníamos que encontrarlo por los alrededores, ya que los que había en el pueblo grande estarían todos fritos por la tormenta eléctrica de los extraterrestres. Lo que sí podíamos coger allí era el combustible. Esa misma tarde salimos todos de expedición. Nos conocíamos los alrededores como la palma de la mano, así que nos dividimos en cuatro equipos. Todos éramos bastante autosuficientes salvo Noe, que iba con Diana.

Cada uno hizo una lista de los distintos vehículos que encontró y del estado aparente de conservación.

A la vuelta hicimos recuento. Sobre todo encontramos vehículos agrícolas, pero también había un par de todoterrenos y algún que otro utilitario. Pensamos que los todoterrenos serían la mejor opción, sobre todo uno que encontró Clara, metido en una cochera y que parecía en muy buen estado. Ya era un poco tarde para ir a verlo, así que decidimos dejarlo para el día siguiente por la mañana.

En la cena estuvimos planeando lo que íbamos a hacer. Primero había que conseguir el coche, eso estaba claro, y luego necesitaríamos gasolina. Lo más fácil era ir al pueblo grande. Si no encontrábamos una gasolinera, podíamos cogerla de los coches que había aparcados frente al polideportivo. Allí buscaríamos ropa, comida y agua para, al menos, un par de meses, además de medicinas, velas, libros y todo lo que necesitásemos. Tendríamos que hacer dos o tres viajes para cargarlo todo.

Conseguir leña no era difícil: en casi todas las casas del entorno habíamos visto montones de leña ya cortada. Si pudiéramos encontrar un tractor con remolque, en un solo viaje tendríamos suficiente, y si no, tendríamos que hacer varios viajes. Lo mismo pasaba con los fardos de paja: en un remolque podíamos llevar seis o más, y esto nos facilitaría bastante la tarea.

Lo último e imprescindible era encontrar gasoil. El grupo electrógeno lo necesitaba para funcionar y, sin él, no tendríamos electricidad ni agua caliente, que eran dos cosas vitales.

Teníamos por delante un par de semanas de trabajo intenso, pero imprescindible si queríamos pasar el invierno en condiciones. Al día siguiente fuimos a ver el coche que había encontrado Clara. El dueño había sido muy previsor y había dejado desconectada la batería, eso nos facilitó mucho la tarea. Con la batería de un todoterreno se podía devolver la vida a muchos otros vehículos que, aunque no fueran tan potentes, nos podían servir para transportar cosas de las casas más cercanas. El coche no tenía demasiada gasolina, pero sí la suficiente para llegar al pueblo grande.

Como habíamos pronosticado, trabajamos sin descanso. En diez días teníamos todo organizado para afrontar el duro invierno.

Había muchos animales que se habían quedado en los pastos cuando sus dueños se fueron y otros que vagaban solos en manadas improvisadas. Dejamos abiertos varios establos para que pudiesen refugiarse, con agua y algo de comida. No podíamos hacer mucho más, nosotros ya teníamos suficientes animales para cubrir nuestras necesidades y nuestro establo tenía una capacidad limitada. No podíamos meter más, si queríamos que ellos también sobrevivieran.

El invierno llegó al fin, las primeras nieves empezaron a teñir el paisaje de blanco, tal y como Clara había pronosticado. Al principio las nevadas no eran demasiado intensas, podíamos salir con los caballos sin problema, pero poco a poco se fue cubriendo todo y empezó a ser peligroso. La nieve tapaba totalmente el terreno y la posibilidad de caerse por algún desnivel oculto era enorme. No tuvimos más remedio que hacer vida dentro de la casa, sin poder ir mucho más allá del límite de nuestra cerca.

Habíamos cogido un montón de libros, tanto novelas como libros técnicos, no teníamos ninguna otra manera de aprender ciertas cosas. Nos los repartimos. Cada uno contó lo aprendido a los demás y de esta manera compartimos los conocimientos adquiridos con menor esfuerzo.

Ese invierno fue muy duro y bastante largo. Hasta principios de marzo no volvimos a ver la hierba.

La verdad es que estábamos ya ávidos de aventuras. Aunque juntos nos sentíamos muy a gusto, se nos hizo un poco pequeño el mundo, al no poder alejarnos más de un par de kilómetros de la casa.

Durante el encierro planeamos con detalle las próximas salidas. Teníamos mapas e información del terreno prácticamente de todo el país, pero sobre todo de la zona más cercana. A falta de Google y GPS, el papel se volvió a convertir en un medio vital de consulta.

A pesar de que el tiempo estaba mejorando, no era sensato emprender un viaje demasiado largo, al menos hasta bien entrada la primavera. Eso nos dejaba, como poco, un mes para preparar con detalle todo lo que debíamos llevar.

A este viaje pensábamos ir los cinco, la idea de separarnos quedó absolutamente descartada. Los vínculos entre nosotros estaban tan entrelazados que nos era imposible dividirnos en equipos Todos teníamos como mínimo dos papeles en nuestra pequeña pero unidísima familia. Además, había algo que nos preocupaba a todos: Noe. Ella no iba a ser eternamente una niña. Si nos quedábamos allí, no tendría ninguna oportunidad de llevar una vida normal, no conocería el amor. No podíamos negarle lo que para los cuatro era la razón de nuestra existencia, aquello que nos hacía sonreír cada mañana. Por eso, por ella, íbamos a emprender aquel viaje que nos sacaría de nuestra isla de confort y, quizá, nos haría afrontar riesgos y peligros. Pero se lo debíamos.

Pasaron los días y las primeras flores comenzaron a cambiar el color de todo el entorno. Aquella noche tras la cena, una vez que Noe se hubo acostado, Diana tomó la decisión que nadie se atrevía a tomar. Sin ninguna duda ella era la más valiente de todos, y también adoraba a Noe.

- Creo que ha llegado el momento de emprender el viaje. Debemos dejar lo antes posible todo preparado. Tenemos que dejar a los animales con comida suficiente para, al menos, un mes, y abrir el acceso a las cercas colindantes y al río para que puedan sobrevivir si no volvemos, tal y como habíamos hablado. -dijo sin dejar ningún espacio para la duda.

- Estoy de acuerdo -dijo Marcos.

- Si os parece bien, saldremos en tres días -dijo Diana mientras sacaba la botella de whisky y nos servía a todos una copa.

En ese momento, todos tuvimos una sensación parecida a cuando te vas de vacaciones y quedan pocos días para volver a la rutina. Se nos terminaba el tiempo y aquella noche de alguna manera nos estábamos despidiendo.

A la segunda copa Clara y Marcos se fueron a la cama. Ella no estaba acostumbrada al alcohol y Marcos la respetaba mucho, siempre se esforzaba por que ella se sintiera segura. Su relación era muy tierna. Marcos había decidido dejarle dar los pasos que cualquiera daría de manera natural a los diez y ocho años. A él le bastaba con tener su amor, y no es que no tuviesen relaciones sexuales, es sólo que aún no era lo suficientemente libre ni adulta y él no quería perderla por nada del mundo.

Nosotras sin embargo éramos la definición de la palabra libertad, en nuestra relación no había límites ni barreras. Nos quedamos un rato más, queríamos disfrutar del momento, aquella casa nos había visto amarnos muchas veces. No teníamos duda de que irnos de allí no iba a cambiar ni nuestros sentimientos ni nuestra pasión, pero sí se iba a llevar aquel escenario tan propicio, tan conocido, tan cómodo. Por eso aquella noche nos lo queríamos tomar con calma. Mientras apurábamos las copas nos íbamos acercando. A mi mente venían muchos recuerdos y en ellos siempre estaba Diana. Desde el primer día del fin del mundo ella era la primera y la última imagen que tenía en mi mente. Su manera de besar, de acariciar, incluso de caminar era tan especial, que resultaba imposible no mirarla cuando lo hacía, y no sólo porque fuera preciosa, sino porque tenía algo mágico, algo que inexorablemente te llevaba a desearla. Ahora mismo yo no tenía ninguna competencia, pero sabía que, si en algún momento encontrábamos a alguien, era posible que tuviese que luchar por ella, confiar en que no dejara de amarme, y eso me daba miedo. Yo nunca había desempeñado ese papel, siempre había sido "ella" en mis relaciones, pero no esta vez, aunque Diana intentaba convencerme de que no era así, yo sabía que sí lo era.

Diana me cogió de la mano, sabía a dónde me llevaba y, por supuesto la seguí: ni podía ni quería resistirme. Subimos la escalera, al llegar arriba ella se giró y me sonrió. Entramos en el dormitorio, la abracé y ella me besó. Me sentía tremendamente vulnerable. Me llevó hasta la cama y me senté al borde, ella se arrodilló y colándose entre mis piernas se abrazó a mi cintura, apoyando lentamente su cara en mi pecho.

- No pienses que nada va a cambiar porque salgamos de aquí -me dijo mirándome con gran ternura.

Yo no le dije nada, ella sabía cuáles eran mis miedos sin que yo se los contase. En vez de hablar bajé mis labios hasta los suyos y la besé. Se levantó y sin dejar de besarme me tumbó con suavidad. Sentí como su cuerpo se apoyaba en el mío. Fue poco a poco deslizando sus dedos entre las dos, quitándome la ropa, sin prisa, besando cada centímetro que quedaba sin cubrir, y siguió sin separarse de mí, hasta que no quedó ni una sola prenda entre las dos. Sentía la pasión de sus movimientos. Era imposible no perder la cabeza con ella, su piel era suave y su olor irresistible. Diana no dejaba nada al azar, su boca y sus manos recorrían mi cuerpo aumentando poco a poco mi placer. Ella nunca se precipitaba y a mí me encantaba esperarla, sabía que la recompensa merecería la pena. Mis manos también la buscaban. Se deslizaba suave pero intensamente sobre mí mostrándome dónde debía ir en cada instante. Se escapó de mis manos, noté como su boca descendía entre mis piernas mientras sujetaba con sus manos mis muñecas, haciéndome prisionera de mi propio placer, hasta que ya nada pudo parar esa explosión desatada de pasión. Mi cuerpo perdió totalmente el control de sí mismo y cada músculo, cada ligamento, cada tendón, se tensaron al ritmo que marcaba su boca sin poder evitarlo. Y después esa maravillosa sensación, esa relajación absoluta... hasta el aire de los pulmones me sobraba, solo anhelaba volver a tener su cuerpo junto al mío y sus labios en mi boca. Tiré con suavidad de sus manos y ella subió con docilidad, no porque necesitase de mi reciprocidad, sino porque yo la necesitaba y me dejó amarla sin la más mínima prisa, y me regaló el placer de llevarla al éxtasis, de sentir la tensión de su cuerpo aferrándose al mío y lo hizo sin dejar en ningún momento de besarme, ahuyentando así todos mis miedos y todas mis dudas.

El viaje

El día que todos esperábamos llegó casi sin darnos cuenta. Nos levantamos muy temprano y metimos las últimas cosas en el todoterreno. Habíamos encontrado un pequeño remolque en el que podíamos llevar dos de las motos. Marcos iría delante con la tercera. El coche era demasiado grande e iba muy cargado como para hacer una maniobra rápida de evasión, así que él se adelantaría unos kilómetros para reconocer el terreno y asegurarse de que no había peligro. Realmente no teníamos prisa por llegar a ningún sitio en concreto, nuestro objetivo podía estar a treinta kilómetros, a cien, o incluso no estar. Por otra parte, era bastante peligroso correr por esas carreteras. La ausencia del ser humano se notaba en la falta de mantenimiento. Pero no sólo eso: los animales que habían sobrevivido, tanto los salvajes como los domésticos, vagaban libres y atravesaban caminos y carreteras, sin más guía que su propio instinto de supervivencia.

En algunas zonas, sobre todo aquellas en las que había buenos pastos y abundante agua, si no fuera por el brillante verde que teñía los campos, la imagen recordaba más a la sabana africana que a un valle leonés.

Con todo esto nuestra velocidad de crucero era bastante lenta. Además, parábamos en la mayoría de las poblaciones, buscando signos recientes de vida humana o de presencia extraterrestre.

Cada pocos kilómetros pintábamos las paredes con mensajes de ánimo a nuestra especie y con la información de nuestra victoria contra los alienígenas. No perdíamos la esperanza de que algún superviviente los leyera. Todo el camino encontramos el mismo patrón: las pequeñas poblaciones estaban completamente abandonadas y las grandes eran macabros mausoleos de cientos o miles de personas.

Nos dirigíamos hacia la costa con la esperanza de que allí las cosas hubiesen sido diferentes, que algún barco hubiese escapado de aquel infierno, aunque sólo fuera por haber llegado tarde a la llamada de las autoridades.

Habríamos recorrido unos sesenta kilómetros cuando vimos que Marcos se había detenido en medio de la carretera, justo antes de una pronunciada curva, y nos hacía señas de que nos desviásemos por un pequeño camino que había a la derecha. Le hicimos caso y paramos para esperarle.

- Están ahí abajo, lo menos hay diez naves -dijo parando a nuestro lado.

- ¿A que distancia? -pregunté con preocupación.

- Por carretera lo menos serán quince kilómetros, pero en línea recta dudo que sean más de cinco -me dijo mientras me indicaba con la mano que ocultásemos el coche tras unos árboles que había un poco mas arriba.

Dejamos los vehículos lo más disimulados que pudimos y subimos andando hasta una zona más elevada, desde la que se veía el valle donde habían instalado su campamento. Las estructuras se parecían a la que vimos cerca de la casa, pero eran mucho más grandes. Contamos hasta doce naves, una de ellas enorme y con forma diferente, prácticamente era una elipse, Calculamos que sería unas diez veces más grande que las otras. En ese campamento debía de haber por lo menos doscientos alienígenas. Eran demasiados como para plantearnos un ataque. Además, rodeando todo el campamento, habían colocado una especie de malla de seguridad que empezaba y terminaba en la gran nave. Visto esto sólo teníamos dos alternativas: darnos la vuelta o intentar pasar por delante, de noche, confiando en que sin la luz permanecerían

Raza Humana: El legado de Ungut © María Las Heras, [2019]

aletargados. Miramos el mapa. Si nos dábamos la vuelta prácticamente tendríamos que llegar al punto de inicio y nada nos garantizaba que escoger otro camino nos fuera a librar de encontrarnos con ellos de nuevo, así pues, decidimos que había que pasar.

- Tenemos que ser lo más rápidos que sea posible -dijo Diana.

- Usaremos las tres motos. Yo pasaré el primero y si lo consigo me seguiréis, alguien tiene que pasar con el coche, pero sólo si vemos que es posible, porque no se podrá escapar en caso de que nos detecten. Si queréis, yo puedo volver a por él una vez que estéis a salvo -dijo Marcos.

- No, yo lo haré. Diana puede llevar a Noe. Desmontaremos el remolque y lo meteremos como podamos dentro del coche y de esa manera podré ir más rápido. Una vez que hayáis pasado el campamento alienígena, seguid al menos veinte kilómetros más. Cuando encontréis un sitio seguro, pintad en la carretera una señal que yo pueda ver. Me encontraré allí con vosotros -les dije sin dar margen a discusión.

Cuando bajamos hasta donde estaba el coche, ya eran cerca de las nueve de la noche, acababa de ponerse el sol. Cenamos algo tranquilamente, no queríamos precipitarnos. La carretera pasaba a unos doscientos metros del asentamiento extraterrestre, era muy poca distancia como para pillarlos despiertos y decidimos que las doce sería una buena hora. Después de cenar preparamos las cosas y pintamos en la carretera una advertencia de su presencia para futuros viajeros.

Marcos salió el primero y las chicas le siguieron a una distancia prudencial para poder darse la vuelta si era necesario. Yo esperé cinco minutos más para asegurarme de que habían pasado y salí también. Mientras pasaba delante de ellos no pude evitar sentir un tremendo odio, mezclado con una alta dosis de adrenalina. Al poco de pasar el campamento me di cuenta de que alguien me seguía: era Diana, Noe no iba con ella. Cuando vio que la había visto se tocó el corazón con la mano izquierda y me señaló con el dedo índice. Le sonreí mirando al retrovisor.

Al fin llegamos al sitio que los chicos habían marcado. Estábamos al menos a treinta kilómetros del campamento. Seguimos una carretera estrecha bordeada por árboles, al final de la cual había una casa oculta en un pequeño bosque, buen lugar para pasar el resto de la noche y quizá el resto del día, y así observar si había algún movimiento de las naves del campamento.

Cuando bajé del coche fui hacia Diana y la besé.

- ¿Por qué no te fuiste con ellos tal y como dijimos? -le pregunté.

- ¿Tú lo habrías hecho? -me contestó con otra pregunta.

- No -le dije mientras nos abrazábamos.

Ella sabía que, de habérmelo dicho, no lo habría permitido, así que lo planearon sin decirme nada. Diana lo propuso y todos estuvieron de acuerdo, éramos una familia y nos queríamos, no hubo discusión.

Abrimos la puerta y entramos en la casa. La llave no estaba echada y lo que allí vimos nos dio, por primera vez en mucho tiempo, algo de esperanza. Nada más abrir había una mesa grande rodeada de sillas y sobre ella un sobre en el que habían escrito: "A quien pueda interesar. De unos humanos que sobrevivieron a la invasión"

Diana cogió el sobre, dentro había una carta, la leyó en alto:

"Somos dos familias que nos encontrábamos de vacaciones por estas tierras. Oímos el mensaje de las autoridades del día de la invasión, pero habíamos organizado una excursión de dos días por el monte. Nos dimos cuenta de que era imposible bajar a los coches a tiempo; pensamos que sería más seguro quedarnos allí que encontrarnos a aquellos seres a mitad de camino. Nos refugiamos en una cueva cuatro días, pero ya no nos quedaba nada de comer, así que tuvimos que bajar para no morir de hambre. Sobre todo los niños estaban muy débiles ya. Cuando bajamos en los coches al lugar de reunión nos dimos cuenta de lo que allí había pasado. Buscamos refugio por los alrededores y encontramos esta casa. Hemos sobrevivido cogiendo alimentos de todas las demás casas de la zona. No hemos encontrado a nadie más en todo este tiempo. En octubre, cuando ya pensábamos que no volverían, apareció en el firmamento una gran nave seguida por una quincena de naves pequeñas. Dieron unas cuantas vueltas de reconocimiento y terminaron por establecerse en el valle. Parecía que no se iban a mover del campamento, pero un día los vimos venir hacia la casa. Nos dio tiempo de milagro a escondernos todos en la planta de arriba. Nos dimos cuenta de que no podíamos seguir allí, estaban demasiado cerca.

Hoy es uno de noviembre, dejamos esta casa que ha sido nuestro hogar los últimos meses. Iremos hacia la costa hasta encontrar un lugar seguro. Por si algún otro viajero sigue nuestros pasos, intentaremos dejar señales en el camino.

Dejamos algo de comida y agua embotellada en la despensa.

"Suerte a todos".

Bajo la carta aparecían ocho firmas, al menos dos eran de niños y otras dos parecían de adolescentes. Supusimos que eran cuatro adultos y cuatro niños entre quince y seis años.

Nos pareció un gran objetivo, nosotros también éramos una familia, no tan convencional, pero una familia al fin y al cabo. De los grupos que uno puede imaginarse que sobrevivan a algo así, es posible que no todos fueran tan amistosos. Parecía bastante probada la crueldad de los alienígenas, pero pensar que por ello se demostraba la bondad humana era tan ingenuo como imprudente. Sin normas, sin nadie que velase por la seguridad común, sin una sociedad organizada, la posibilidad de que el lado más oscuro del ser humano aflorase. Era algo que no debíamos descartar.

A la vuelta de la misiva habían dejado escritos los códigos que utilizarían para advertir tanto de la presencia de alienígenas, como de posibles desvíos que tomaran, lugares de abastecimiento y otras señales de alerta. La mayoría eran bastante lógicos, así que decidimos adoptarlos nosotros también.

No tocamos las cosas que habían dejado, porque llevábamos suficiente comida y lo que había allí podría ayudar a otras personas, o incluso a nosotros mismos, si en algún momento emprendíamos el camino de vuelta.

Finalmente estuvimos allí un par de días. No parecía que los alienígenas se movieran demasiado del campamento: daba la sensación de que, una vez que se establecían en un sitio y después de revisar los alrededores, se quedaban confinados sin explorar más allá. No sabíamos de qué se alimentaban, o qué tipo de sustento tenían... eran vidas orgánicas, de eso no cabía duda, pero quizá tomaban sus nutrientes de forma diferente a los humanos, o los tenían almacenados en sus naves. En cualquier caso, no los habíamos visto cazar ni plantar nada. Tendríamos que observarlos mucho más para poder sacar conclusiones, pero para eso buscaríamos un grupo menos numeroso al que nos pudiésemos enfrentar en caso de necesidad.

Antes de irnos dejamos otra carta fechada al lado de la que habíamos encontrado, contando brevemente nuestra historia y todo lo que hasta ahora sabíamos de los invasores.

La costa

Para evitar problemas decidimos viajar por la noche. Esta vez sí teníamos un objetivo: llegar a la costa lo antes posible. Por el camino más recto estábamos a unos ciento cincuenta kilómetros. Como pudimos cargamos las tres motos en el remolque para viajar todos en el todoterreno, aprovechando que de noche parecía no haber peligro de encuentros desafortunados con los alienígenas. Íbamos bastante despacio y con las luces largas encendidas. Tuvimos que parar varias veces al encontrarnos con grupos de animales, sobre todo vacas que atravesaban la carretera, y también algunas reses muertas que bloqueaban el paso. En el camino habían pintado varias señales. Una gran flecha marcaba un desvío hacia la costa cantábrica, abandonando así el camino natural que llevaba a la costa atlántica. Seguimos la indicación.

La noche estaba muy cerrada, costaba trabajo permanecer atento. Nos turnamos para conducir, cada hora nos cambiábamos. Era vital que al piloto y al copiloto no se les pasase ninguna señal y tuviesen los reflejos al máximo. Los sobresaltos eran constantes; no solo animales, también encontramos árboles caídos, incluso en una zona había habido desprendimientos y tuvimos que retirar varias rocas del camino para poder proseguir la marcha. Entre eso y las paradas que hicimos para mantener nuestra despensa en condiciones, tardamos más de cuatro horas en ver el mar.

Necesitábamos encontrar algún sitio donde refugiarnos antes de que amaneciese. Seguimos el litoral y al poco nos encontramos con la indicación de una casa rural, situada apenas a tres kilómetros de la costa, pero sumergida en una poblada masa arbórea. Como era de esperar, no encontramos a nadie por allí. La casa estaba compuesta de varios apartamentos y una vivienda principal en la que supusimos que en su momento habían vivido los dueños. Cada apartamento tenía un pequeño buzón al lado de la puerta donde los huéspedes dejaban las llaves al marcharse. Parecía más fácil abrirlo que forzar la puerta de la casa principal. Haciendo palanca con una ganzúa abrimos el primer buzón sin dificultad. Efectivamente ahí estaban.

Entramos en el apartamento. Tenía esa frialdad de los sitios que realmente nadie habita. En el último año habíamos entrado en muchas casas y todas ellas tenían, de una manera u otra, el carácter de sus dueños impreso en cada rincón. No era una cuestión de belleza, sino de humanidad. Aquellas paredes no nos contaban ninguna historia, eran un compendio de recuerdos de alguien que nunca estuvo allí, redes que nunca pescaron y simulaciones de piedra, viga y pilar en un fondo albero, que, como principal virtud, tenían el ser estéticamente correctas. En cualquier caso, eran un buen cobijo y con eso en aquel momento nos bastó.

Estábamos bastante cansados así que subimos directamente a los dormitorios. Aunque todo parecía tranquilo preferimos que Noe durmiera en nuestro cuarto, al menos ese día.

A las diez de la mañana me desperté. La casa permanecía en silencio, los demás seguían aún durmiendo. Fuera sólo se oía el canto de las aves. Bajé a la planta de abajo para prepararles el desayuno. La cocina era de gas y, aunque había agua corriente, no me fiaba mucho, así que usé el agua embotellada: un año era mucho tiempo para que nadie se hubiese ocupado del mantenimiento de la depuradora. Noe bajó la primera, había ido durmiendo en el coche prácticamente todo el camino, así que estaba un poco más descansada que los demás. - Buenos días, mamá, ¿me

Raza Humana: El legado de Ungut © María Las Heras, [2019]

llevaréis a la playa? -preguntó de repente con una dulce ingenuidad.

Le sonreí, me pareció muy bonito que, a pesar de todo lo que estábamos viviendo, conservara esa maravillosa capacidad de emocionarse que tienen los niños. No quería darle falsas esperanzas, pero tampoco quitarle la ilusión.

- Antes tendremos que asegurarnos de que no hay peligro. Pero te prometo que será lo primero que hagamos, en cuanto tengamos un momento libre -le dije mientras le daba un beso de buenos días.

- Es que yo nunca he visto el mar -insistió abriendo mucho los ojos.

- Iremos. Tendrás tiempo de aburrirte de playa -le dije para dejarla más tranquila.

Oí que los demás se estaban despertando, el café estaba saliendo en ese momento. Diana bajó la primera

- Café recién hecho y mis dos chicas favoritas -dijo mientras estrujaba a Noe entre sus brazos.

- Buenos días, mami -le dijo agarrándose fuerte a ella.

La escena era tan tierna que me habría pasado horas mirándolas. Noe me quería mucho, pero a Diana la adoraba. Me acerqué a ellas y les serví el desayuno mientras le robaba un beso a Diana, que me sonreía sin soltar a Noe.

Al rato bajaron los chicos: por sus caras parecía que no habían dormido mucho. Noe no era la única emocionada con la cercanía del mar. Bajaban agarrados de la mano, cuchicheando mientras se hacían carantoñas.

Durante el desayuno hablamos de lo que íbamos a hacer: echaríamos un vistazo por los alrededores y, si el sitio era seguro, nos quedaríamos por allí de momento. Buscaríamos en las proximidades alguna otra señal que nos diera información de las dos familias. Es posible que no estuviesen muy lejos. Si después de un tiempo prudencial no los encontrábamos, decidiríamos si quedarnos o marcharnos.

Raza Humana: El legado de Ungut © María Las Heras, [2019]

Mientras colocábamos nuestras cosas, nos dimos cuenta de que tanto los apartamentos como la casa principal estaban comunicados por tres puertas interiores. Las de los apartamentos estaban todas abiertas, pero no la que comunicaba con la casa, aunque sin duda era más sencilla de abrir que la de la entrada. En poco tiempo lo habíamos conseguido.

Entramos en la casa, decorada de manera parecida aunque no tan artificial. Era bastante grande, tenía cuatro dormitorios. De ellos sólo uno tenía cama de matrimonio, pero esta vez lo teníamos más fácil, bastaba con coger una cama grande de cualquiera de los apartamentos. Nos miramos y todos estuvimos de acuerdo en que, a priori, era un buen sitio para quedarnos una temporada.

En la parte de atrás había un trastero y dentro encontramos unas bicicletas que nos sirvieron para dar una vuelta sin hacer demasiado ruido. La zona parecía segura: en un radio de un par de kilómetros no encontramos nada por lo que preocuparnos.

El tiempo que quedaba hasta la hora de comer se nos fue en colocar las cosas que habíamos traído y en revisar el estado de las instalaciones.

La casa contaba con placas solares que apenas generaban suficiente energía para unas pocas luces y el calentador de agua, pero con eso nos bastaba. Ya hacía tiempo que los dispositivos electrónicos no formaban parte de nuestro día a día.

Había dos chimeneas, una en la cocina y otra en el salón, que, por un entramado de tuberías distribuían el calor a toda la casa.

Respecto a la despensa, no había gran cosa, tan sólo algunas latas de moluscos y verduras y también de frutas. Habíamos traído verduras y hortalizas de nuestra huerta para un par de semanas.

Nos dimos cuenta de que debíamos salir en busca de más comida y también de que, si queríamos comer cosas frescas, tendríamos que plantarlas nosotros. Era un buen momento para empezar a sembrar, pero eso nos obligaría a quedarnos allí al menos hasta el otoño. Tendríamos que volver a reunir algunos animales si queríamos comer carne, huevos, leche... El mar era la mayor de las despensas, pero nuestro conocimiento de las artes de pesca era muy limitado, por no decir que nulo. Podíamos aprender, pero mientras había que alimentar cinco bocas tres veces al día.

Lo primero de todo era inspeccionar la zona, asegurarnos de que los alienígenas no habían acampado cerca. No podíamos salir con las motos ni el coche de día, eran demasiado ruidosos y, si estaban por allí, tendríamos problemas. Echamos de menos nuestros caballos.

Después de comer Diana y yo salimos con las bicicletas. Aparentemente todo parecía despejado, aunque no teníamos suficiente perspectiva para asegurarlo.

A unos cinco kilómetros vimos un faro. Era la construcción más elevada del entorno y decidimos acercarnos. Tenía una escalera por fuera que no llegaba hasta el suelo, quedaba a unos dos metros y medio, pero las dos estábamos bastante ágiles. Diana era un poco más alta que yo, cogió carrerilla y saltó quedándose colgada del primer escalón. Me puse debajo y le empujé los pies para ayudarla a subir. Después salté yo, no me costó demasiado hacer lo mismo y ella me agarró por el antebrazo para darme el último impulso. Subimos la escalerilla, Arriba había una especie de balcón que rodeaba el faro.

Con los prismáticos pequeños fue suficiente para hacernos una idea de los alrededores. No había rastro de invasores, ni tampoco de seres humanos. A la izquierda había un puerto de recreo y en él un montón de yates y veleros, antaño símbolo de estatus y hoy reflejo de la derrota del hombre.

Localizamos algunos animales, Aquí las manadas no eran tan grandes como en el interior, pero suficientes para los cinco. Lo primero que debíamos conseguir eran caballos, con ellos todas las demás tareas se facilitaban muchísimo.

Nos sentamos un rato mirando el mar, no había rastro de ningún barco. Oíamos romper las olas en el acantilado bajo el faro: el sonido casi te mecía si no fuera por las ruidosas gaviotas, siempre en discusión. De pronto me invadió una sensación de melancólica soledad, me abracé a Diana, ella era mi lazo con la tierra, por eso cada vez que me perdía buscaba su mano, como aquel día en que se iba a acabar el mundo y no lo hizo.

- Deberíamos volver, los chicos se pueden preocupar -me dijo devolviéndome a la realidad.

- Si, vamos. Quiero bajar un rato con Noe a la playa antes de que se ponga el sol -le dije.

En veinte minutos estábamos llegando a la casa. Marcos había encontrado una llave de la puerta principal. Entre los tres habían organizado los dormitorios y revisado cajones y armarios, sacando todo aquello que pudiese resultarnos útil.

Noe nos oyó llegar y bajó corriendo la escalera. Nos llevó muy emocionada a uno de los cuartos en el que había una colección increíble de música de todas las épocas, pero no solo eso, también instrumentos musicales, partituras y varios libros de solfeo. Me pareció genial, sobre todo para Noe, ella siempre andaba canturreando y estaba segura de que le encantaría aprender a tocar algún instrumento.

- ¿Quieres bajar a la playa un ratito antes de cenar? -le pregunté sabiendo de antemano la respuesta.

Antes de que pudiera darme cuenta ya estaba abajo preparada para salir. - Hemos subido al faro, está todo despejado, ¿por qué no bajamos todos? -dijo Diana a Marcos y Clara.

- Vale, pero bajaremos con las motos -dijo Marcos.

Nos pareció bien, no había que pasarse de confiados.

A los quince minutos ya estábamos pisando la arena de la playa. Diana fue la primera en quitarse la ropa para darse un baño. Me preocupaba que Noe se sintiese cohibida, pero no lo hizo, me miró pidiéndome permiso, tiró la ropa al lado de la de Diana y se fue corriendo detrás de ella. Los demás las seguimos transformando en aquel momento la playa en nudista. - Un mirón, ahora mismo, qué sería, ¿un fastidio o una bendición? -preguntó Clara sonriente.

Nos reímos todos.

Por un momento nos olvidamos de todo, se estaba genial allí y nos sentamos en la arena para secarnos al sol. Marcos había traído un par de latas de mejillones y unas bebidas, una idea estupenda. Parecía como si estuviéramos de vacaciones. Era una palabra que para nosotros había perdido el significado, hasta aquel día.

- Podríamos quedarnos por aquí al menos hasta que pase el verano -dijo Clara.

- Votémoslo. ¿A favor? -preguntó Diana.

Todos levantamos la mano: la decisión estaba tomada.

Los siguientes días trabajamos duro reuniendo todo aquello que era necesario para poder quedarnos allí. Decidimos no tener los animales tan cerca de la casa, salvo un pequeño gallinero y los caballos. Plantamos un huerto a la medida de nuestras necesidades y localizamos los árboles frutales que había por el entorno. Para el resto de las cosas teníamos cerca, a unos cuatro kilómetros un pequeño centro comercial.

El mar ya empezaba a agasajarnos con sus frutos. Bivalvos y moluscos ya formaban parte de nuestra dieta y empezábamos a hacer nuestros pinitos como pescadores. Yo debo reconocer que no tenía mucha paciencia, pero Marcos resultó ser un buen pescador, cada vez traía mejores piezas.

Raza Humana: El legado de Ungut © María Las Heras, [2019]

Aquella mañana salimos Diana, Noe y yo a inspeccionar la zona con las motos. De pronto Diana me hizo una señal para que me detuviese: Noe había visto algo. A pesar de haber pasado un montón de veces por allí, nunca nos habíamos dado cuenta de que en uno de los senderos que se dirigían hacia las montañas, había una señal en la pared de la casa que marcaba el límite del camino. Las enredaderas   prácticamente la habían tapado. Paramos y comprobamos que, efectivamente, nuestras dos familias debían haberse desviado por ese camino. Intentamos adentrarnos con las motos, pero el camino se ponía cada vez más difícil y, ante la posibilidad de tener un accidente, decidimos darnos la vuelta y volver al día siguiente con los caballos.

Cuando llegamos a casa Marcos y Clara estaban preparando la comida. Marcos había pescado dos lubinas enormes, olía de maravilla y veníamos hambrientas. Nos sentamos a la mesa deseosas de contarles nuestro hallazgo. Les parecieron estupendas noticias: si habían tomado ese camino no podían estar muy lejos. Lo que nos extrañaba un poco a todos era que, estando tan cerca, no nos hubiésemos cruzado con ellos en ningún momento, que no bajaran al mar, ni fueran a abastecerse a las tiendas cercanas. Era posible que se hubiesen establecido en alguna casa en la montaña y allí tuvieran sustento suficiente... pero aún así nos chocaba.

Decidimos que iríamos a echar un vistazo, pero nos llevaríamos las armas. Había algo raro en todo esto. Ellos se habían esforzado mucho por contactar con otras personas como para desaparecer de esa manera.

Después de comer bajamos a la playa y disfrutamos como casi todos los días de un relajante baño. Nadie sacó el tema.

Un poco antes de la puesta de sol, Marcos y Clara se llevaron a Noe para dejarnos un rato de intimidad. Diana y yo nos quedamos a disfrutar del ocaso. La verdad es que pasábamos muy poco tiempo a solas y nos echábamos de menos. Muchas veces pensaba en cómo habrían sido las cosas en otras circunstancias, sin tener que luchar cada día por sobrevivir. Me preguntaba si ella me habría elegido de haber habido más competencia. Me acordaba mucho de una frase que decía mi abuela: "hasta de la peor de las catástrofes puede salir algo maravilloso". Andaba yo en mis pensamientos cuando Diana me habló:

- Estoy casi segura de que les ha pasado algo -me dijo con gesto preocupado.

- La verdad es que yo también -le dije moviendo la cabeza.

- Quizá no sea prudente que vayamos todos, deberíamos proteger a Noe -dijo Diana.

- Estoy de acuerdo, pero sabes de sobra que Marcos no va a querer que vayamos solas y, si viene Marcos, Clara también querrá venir. Lo único que podemos hacer es intentar que vayan un poco por detrás hasta asegurarnos de que no hay peligro -le dije con cara de circunstancia.

Sabía que no le gustaba la idea, pero no había demasiadas opciones.

Cuando se puso el sol volvimos a la casa. Los chicos ya habían preparado la cena. Sobre las once Noe dijo que se iba a la cama, yo saqué algo de beber para los demás. Al rato subió Diana para comprobar que ya se había dormido y poder hablar de lo que íbamos a hacer.

Antes de que dijésemos nada, Marcos, como si nos hubiese oído hablar, dijo que iríamos todos. Si nuestros temores eran infundados, sería un bonito encuentro, y, si por una casualidad había algún peligro, cuantos más fuéramos, mejor. Realmente estábamos de acuerdo, así que la discusión no se produjo.

Buscamos entre los mapas de la zona el más detallado. Aquel sendero llegaba casi a la cumbre de la montaña y en el camino aparecían varios pequeños grupos de casas, no quedaba claro si eran aldeas o cabañas aisladas. En un punto terminaba sin ninguna ramificación, así que, en caso de necesidad, la única vía de escape era dar la vuelta o quizá ir campo a través. Decidimos madrugar porque, a pesar de que no era una gran distancia, el estado del camino nos podía complicar mucho el ascenso. A las doce estábamos todos en la cama.

Antes de las siete me desperté, Marcos y Clara llevaban ya un rato levantados, ella estaba haciendo el desayuno y Marcos estaba fuera preparando los caballos y las armas para nuestra expedición. En menos de media hora estábamos todos listos. Llevé el todoterreno al cruce de caminos con municiones y algunas cosas básicas por si teníamos que huir rápidamente. Ya hacía mucho tiempo que ser extremadamente precavidos era parte de todos nuestros planes, nos había ido bien así y no teníamos ningún motivo para cambiar el sistema. Les esperé en el coche y al poco tiempo les vi aparecer con mi caballo.

Las lluvias y la falta de mantenimiento habían deteriorado mucho el camino. Todavía había marcas de ruedas de coche, aunque en este momento era prácticamente imposible recorrerlo de otra manera que a caballo o andando. En un par de kilómetros llegamos a un puente, estaba completamente hundido. Vadeamos el río buscando algún paso y lo encontramos un poco más arriba. Dejamos una marca al lado de la orilla para recordar el paso a la vuelta. Bajamos de nuevo hasta el puente para retomar el camino. Encontramos varias aldeas completamente deshabitadas.

Ya estábamos empezando a desanimarnos cuando vimos a unos quinientos metros una casa. No se veía a nadie, pero había un huerto, lo quería decir que o estaba habitada o lo había estado recientemente.

Miré por los prismáticos y vi a una mujer asomada a la ventana en la planta de arriba. Parecía asustada. Se lo dije a los chicos y decidimos acercarnos Diana y yo a la puerta: quizá al ver a dos chicas se sintiera más confiada. No veíamos ningún vehículo ni tampoco caballos.

Le hicimos señas y ella abrió la ventana. Estaba muy delgada. Detrás de ella se veían varias cabezas, parecían niños.

- Hola, somos Nuria y Diana, leímos vuestra carta y hemos seguido las señales que dejasteis hasta aquí -le dije sonriente.

Ella se echó a llorar.

- No tenemos nada, ¡marchaos! -dijo entre sollozos.

- No necesitamos nada, sólo encontrar a otros seres humanos para unirnos contra los invasores -le dije y añadí - Somos cinco y también somos una familia - Se asomó para ver a Marcos, Clara y Noe, que la saludó con la mano. Eso pareció tranquilizarla.

Bajó a la puerta y abrió. No parecía haber ningún otro adulto. Detrás de ella salieron dos adolescentes, un chico y una chica, y dos niños. Todos estaban bastante delgados.

- ¿Dónde están los demás? -preguntó Diana.

El chico, que hasta ahora había permanecido callado, habló:

- Están todos muertos -dijo mirando para abajo.

Bajamos del caballo y abrimos la cerca. Diana se acercó a ellos y yo me quedé un poco más atrás para no intimidarlos. Si alguien podía conseguir que confiasen en nosotros era ella. La mujer pidió a los niños que se quedaran dentro de la casa y se acercó a nosotras. Entonces nos contó lo que había pasado. Al poco de llegar a la casa aparecieron tres hombres, les ofrecieron quedarse allí con ellos y, al principio, todo fue bien, les ayudaron a arreglar algunas cosas de la casa y a buscar sustento por la zona. Un día, aprovechando que su marido y su cuñado habían bajado al río a pescar, empezaron a propasarse con ellas, primero verbalmente, pero en seguida la cosa fue aumentando de tono. Sacaron a los niños y al chico de la casa y las acorralaron, las violaron los tres y, cuando habían terminado con ellas, fueron a por su sobrina. Sólo tenía quince años, su hermana no pudo soportarlo y se lanzó contra ellos. Le asestaron una puñalada en el corazón y murió prácticamente en el acto. El chico había ido corriendo al río a buscar a su padre y a su tío, pero cuando llegaron ya les estaban esperando. Forcejearon un poco con ellos, pero aquellos tipos eran unos auténticos asesinos. Cogieron los coches y la mayoría de las provisiones que tenían y se marcharon, amenazándoles con que, si salían de la casa, los matarían a todos. Desde entonces no se habían atrevido a moverse por miedo a que hicieran realidad sus amenazas. Mataron las dos vacas que tenían, pero fueron muchos meses y sin electricidad la comida no se conservaba. Para sobrevivir comieron raíces, lagartijas, incluso insectos. Cuando pasó el invierno plantaron las semillas que encontraron en la casa, pero tenían tanta hambre que casi no daba tiempo a que crecieran las cosas.

Cuando terminó de hablar, Diana la abrazó y ella lloró amargamente.

Le hice una señal a los chicos para que se acercaran. Mientras Diana trataba de consolarla, le conté a Marcos y Clara lo que había pasado. Marcos se acercó a ella con gesto amistoso.

- Me llamo Marcos, soy el hermano de Diana. Creo que hablo por todos si os digo que nos gustaría que vinieseis con nosotros. Tenemos una casa grande y comida de sobra. Os podemos ayudar a salir adelante -le dijo mientras señalaba en dirección a nuestra casa.

Ella entró un momento y habló con los niños. Al rato salieron los cinco. Subimos de dos en dos en los caballos, no era mucha distancia y ellos estaban muy delgados. Una

Raza Humana: El legado de Ungut © María Las Heras, [2019]

hora después llegamos al todoterreno y en quince minutos más estábamos entrando en la casa. Les dimos las llaves de los apartamentos y les llevamos algo de ropa limpia, para que se ducharan y se cambiaran. Les dijimos que cuando estuviesen listos vinieran a la casa para comer.

Entraron todos juntos, les pedimos que se sentasen y servimos la comida.

Noe rompió el hielo.

- Yo soy Noe y pronto cumplo trece años, ¿cómo os llamáis vosotros?

Nos dijeron sus nombres y su edad: Carlos, siete años, Eva, diez años, Amaya, quince años y Víctor, catorce.

- Yo soy Almudena, Almu, tengo treinta y dos. Amaya y Víctor son mis sobrinos y Carlos y Eva mis hijos -nos dijo.

Durante la comida prácticamente no hablaron, salvo para darnos las gracias y decir que todo estaba muy bueno. Se notaba que hacía mucho que no comían en condiciones.

La jauría

Habían pasado dos semanas desde que rescatamos a Almu y a los chicos. Ya tenían mucho mejor aspecto, habían engordado un poco y, aunque era difícil olvidar lo que habían vivido, se sentían seguros con nosotros y poco a poco iban recuperando su infancia.

Víctor pasaba bastante tiempo con Marcos, aunque todavía era un niño ya se empezaba a vislumbrar el hombre que pronto sería. Se iban juntos a pescar y siempre estaba dispuesto a ayudarle en lo que fuera con tal de estar cerca. Amaya por su parte repartía el tiempo entre Clara y Noe, que ya había cumplido trece y empezaba a dejar la niñez atrás. Carlos y Eva estaban casi siempre juntos, cerca de su madre, Eva cuidaba mucho a su hermano y cooperaban como todos. Les habíamos encomendado el cuidado de las gallinas y recogían los huevos, les daban de comer y limpiaban el gallinero.

Habíamos establecido un calendario semanal de tareas, éramos muchos y limpiar y cocinar para diez era un verdadero trabajo, así que cada uno hacía su parte, tanto dentro como fuera de la casa.

Por las tardes seguíamos bajando a la playa: era la recompensa diaria que todos esperábamos tras la dura jornada. A veces nos llevábamos la cena y nos quedábamos allí hasta bien entrada la noche.

La que más nos preocupaba a todos era Amaya. Lo que le había pasado era terrible y muchas noches la oíamos llorar. Nunca hablaba de ello y durante el día se comportaba como si lo hubiese olvidado, pero de sobra sabíamos que no era así.

Por otra parte, Almudena era la que se sentía más descolocada. Diana y Marcos tenían veinticuatro años y yo veinticinco, aunque nos comportábamos como adultos a la hora de tomar decisiones y ocuparnos de las tareas, ella se sentía un poco como la madre de todos. Le costaba acercarse y casi siempre prefería ocuparse de los niños antes que compartir su tiempo con nosotros. Tampoco ayudaba mucho el hecho de que nuestras parejas fueran tan sólidas.

Llevábamos entre unas cosas y otras casi tres semanas sin explorar los alrededores. No queríamos despistarnos porque aquella casa no era como la de las montañas, los accesos eran mucho más fáciles y en cualquier momento podía aparecer algún superviviente. Además, desde que Almudena nos contó lo que les había pasado, estábamos alerta; aquellos tipos u otros de su calaña podían estar mucho más cerca de lo que sería deseable. También estaban los alienígenas. Parecían preferir el interior a la costa, pero no podíamos estar seguros, al fin y al cabo, no habíamos recorrido más de treinta kilómetros hacia cada lado. Por todo esto Diana y yo decidimos que al día siguiente iríamos a recorrer al menos cien kilómetros de costa.

Por la mañana nos levantamos un poco antes que los demás, Ya les habíamos contado nuestras intenciones y todos habían estado de acuerdo. Cuando bajamos a desayunar nos sorprendió encontrarnos allí a Amaya. Había preparado café y claramente nos estaba esperando.

- Me gustaría ir con vosotras -dijo mientras nos servía el desayuno.

Diana y yo nos miramos. Aquello no nos parecía demasiado prudente, tendríamos que llevarla de paquete y, si sucedía algo, podíamos tener problemas. Íbamos a decirle que no, pero ella habló antes.- Por favor, necesito salir un poco de aquí, se lo he preguntado a la tía Almu y me ha dado permiso si vosotras estabais de acuerdo -nos dijo con una súplica en su mirada.

- Está bien -dijo Diana, que era incapaz de resistirse a aquellos ojos. - Bueno, pues vayámonos ya, porque si nos ve Marcos no creo que esté muy de acuerdo - les dije mientras cogía las cosas y salía hacia las motos.

Casi todo el camino fuimos bordeando la costa, paramos varias veces y marcamos en el mapa los sitios que nos podían venir bien para coger suministros de todo tipo. En uno de los pueblos había una biblioteca y un centro médico. Les hicimos una marca especial.

Como hasta ahora había sucedido, los pueblos más pequeños estaban desiertos y los más grandes eran auténticos cementerios.

Llevábamos unos cincuenta kilómetros y no habíamos visto ningún signo de vida. Ni siquiera nos habíamos cruzado con animales, sólo las aves nos recordaban al planeta donde nacimos. De pronto Diana me hizo la señal de parada. Bastante lejos, en la ladera de la montaña, había un campamento alienígena. No nos habríamos percatado de que estaban allí si no fuera porque había lo menos cinco naves de las grandes. Era el mayor asentamiento que habíamos visto hasta entonces. Miramos con los prismáticos. Al rededor de las naves grandes había decenas de las pequeñas. La distancia no nos permitía observar con más detalle y de día no era aconsejable acercarnos. Marcamos la posición en el mapa y decidimos tomarnos el resto del día libre.

Un poco antes habíamos visto una pequeña cala, hasta la que llegaba un camino que podíamos bajar con las motos. Ya hacía bastante calor, así que nos atrajo la idea de darnos un baño y comer allí. El agua era cristalina, se veían cientos de peces bajo nuestros pies. Desde que el ser humano había dejado de explotar los caladeros se notaba que, día a día, se multiplicaba la fauna marina.

Estuvimos un buen rato nadando, el agua estaba un poco fría pero se agradecía. De no haber venido Amaya aquello no habría terminado ahí, pero tuvimos que contenernos para no violentarla. Me acerqué a Diana y le dije:

- Esta noche no te me escapas.

- No tengo ninguna intención de hacerlo -contestó sonriente. Mientras nos secábamos al sol fuimos sacando la comida. El baño nos había abierto el apetito. Amaya nos miraba muy atenta, se notaba que quería hablar con nosotras pero no se atrevía. Al fin se decidió.

- ¿A vosotras sólo os gustan las chicas o también los chicos? -preguntó ruborizándose ligeramente.

- Yo prefiero a las chicas, aunque también he estado con algún chico -dijo Diana.

- ¿Y tú, Nuria? -me preguntó un poco menos avergonzada.

- Bueno, Diana es la primera chica con la que he estado. Antes de ella no me lo había planteado -le dije sonriendo.

- ¿Y a ti que te gusta, Amaya? -le preguntó Diana.

Se quedó pensativa antes de contestar.

- No lo sé. Antes me gustaban los chicos, pero después de aquello no lo tengo claro. Siento asco cuando pienso en tener relaciones, me vienen las imágenes y me entran ganas de vomitar -dijo mostrando en su rostro una profunda tristeza, mientras las lágrimas humedecían sus ojos.

Siguió hablando:

- Y luego os veo a vosotras juntas y me parece mucho más bonito -terminó.

Diana la abrazó y ella rompió a llorar. La verdad es que era muy difícil consolar a una cría a la que habían violado tres animales tras matar a su madre.

- No te preocupes por decidir qué te gusta. Un día llegará alguien y te enamorarás, como me pasó a mi con Diana, y entonces no te importará si es un chico o una chica, sólo que te quiera como tú le quieres. - Pues, como no encontremos a nadie más va a tener que ser una chica - dijo riéndose, mientras se secaba las lágrimas.

Todavía seguimos allí un rato más. Era la primera vez que Amaya hablaba de todo aquello, ni siquiera lo había hecho con su tía, y lo necesitaba. Éramos lo suficientemente adultas como para esperar nuestra protección y lo suficientemente jóvenes como para sentirse cerca de nosotras. Cuando se sintió segura nos contó lo que había pasado, con un nivel de detalle que hacía difícil mantenerse entera ante su relato. Le dijimos que nunca más se sintiera sola, que estaríamos allí para escucharla o para darle un abrazo cada vez que lo necesitara. Nos sonrió mientras reclamaba su primer abrazo.

Antes de marcharnos nos dimos un último baño. Amaya estaba mucho más relajada, se notaba que se había quitado un peso de encima. Estuvimos un buen rato jugando en el agua.

A las siete y pico emprendimos el camino de vuelta. Esta vez la llevé yo en la moto. A estas alturas ya tenía tanta pericia pilotando como Diana o Marcos. Iba totalmente pegada a mí, sólo Noe se agarraba de esa manera, pero aquel día se forjó un vínculo entre nosotras que ya nunca se rompería.

Cuando llegamos a la altura de la casa vimos a los chicos, que seguían aún en la playa. Habían bajado cosas para hacer una merienda-cena y nos estaban esperando. Nos unimos a ellos.

Después de cenar les contamos lo que habíamos visto. Se quedaron un poco preocupados por el gran asentamiento extraterrestre. Debíamos acercarnos mucho para obtener más información. Al abrigo de la noche nos esconderíamos, lo más cerca posible, para poder observarles también durante el día y a la siguiente noche volveríamos a casa. Queríamos hacerlo bien y para eso no podíamos improvisar. Al menos necesitábamos un par de

Raza Humana: El legado de Ungut © María Las Heras, [2019]

días para prepararlo todo. Iríamos Marcos, Diana y yo. Clara protestó, pero en seguida se dio cuenta de que no era razonable hacerlo. Los demás estuvieron de acuerdo.

Ya hacía un buen rato que se había puesto el sol y los más pequeños empezaban a dar muestras de cansancio, así que levantamos el campamento y nos fuimos a la casa para que se pudiesen acostar. Aquella noche yo tenía una deuda con Diana y pensaba pagarla. Clara y Marcos nos propusieron tomar una copa antes de acostarnos. Aún era pronto, así que aceptamos. Se nos unió Almudena, era la primera vez que lo hacía, los cuatro nos alegramos. Imagino que ella también había necesitado un tiempo para adaptarse y confiar en nosotros. Pasamos un rato agradable, pero nosotras teníamos en mente algo mejor.

- Nos perdonaréis, pero es que tengo unas ganas locas de acostarme con mi mujer -les dijo Diana mientras tiraba de mí hacia el dormitorio.

Nos miraron sonrientes, sabían que no había manera de detenernos.

Cerramos la puerta. Diana me miró provocadora y apoyando su mejilla en la mía me susurró:

- Desnúdate.

Sentí un escalofrío que me recorría todo el cuerpo. Me separé de ella sólo lo necesario para poder quitarme lentamente, una a una, las pocas prendas que llevaba. Me cogió y sin desnudarse ella comenzó a acariciarme. Noté sus dedos abriéndose paso entre mis piernas. La situación era tremendamente morbosa. Intenté quitarle la ropa, pero me detuvo, me tumbó sobre la cama y siguió acariciándome. Yo deseaba tocarla pero, a la vez, me excitaba muchísimo aquella situación. Acercó sus labios a mi boca, intenté besarla y ella se escabulló. Comenzó a descender por mi cuello y lentamente fue bajando hasta que sus labios se detuvieron en mis pechos, noté su lengua recorriéndolos con suavidad. Su mano derecha seguía jugando entre mis piernas y con la izquierda sujetó mis muñecas, mi respiración se agitaba, en ese momento noté cómo sus dedos me penetraban sin dejar de acariciarme. Todo mi cuerpo se arqueó de placer, me aferré a ella con las piernas y me dejé llevar por aquella maravillosa e irreprimible sensación, por ese estallido que me recorría todo el cuerpo y me dejaba prácticamente sin aliento. Se quitó la ropa y entonces, y sólo entonces, me dejó tocarla. Me bastó con deslizarme entre sus piernas para llevarla al mismo lugar en el que yo había estado unos segundos antes: sentí como su cuerpo se convulsionaba con la suave violencia del placer supremo. Me abracé a ella para sentir cada uno de sus movimientos, después noté cómo, poco a poco, se relajaba hasta desvanecerse sobre mí. Entonces nos besamos apasionadamente dejando claro que la noche no terminaba ahí.

Por la mañana me desperté acurrucada en sus brazos, me estaba acariciando la espalda. Me incorporé para besarla pero sin salir de su regazo: se estaba tan bien allí...

- Nuria, nunca había amado a nadie como te amo a ti. A veces siento como si me estallara el corazón de tanto quererte -me dijo mientras volvía a llevar mi boca hasta sus labios.

Sentí una profunda emoción al oír sus palabras.

- Sólo hay una cosa que me asusta de verdad y es perderte -añadió mientras me colocaba con suavidad el pelo tras la oreja.

- Yo no conocí el amor hasta aquel día en el que me besaste por primera vez. Entonces me di cuenta de lo insignificantes que habían sido todas mis relaciones hasta entonces. Si alguien debe tener miedo soy yo, porque, ni en un millón de mundos, podría encontrar a alguien que me hiciese sentir ni una milésima parte de lo que siento cada mañana cuando abro los ojos y compruebo que sigues a mi lado -le dije cogiéndola por la cintura y colocándola sobre mí.

Nos miramos a los ojos. Ya sobraban las palabras Hicimos el amor una vez más, sin prisa y sin miedo, hasta que el sol, que ya entraba por nuestra ventana, nos recordó que no estábamos solas y que otros seres queridos ya nos esperaban.

Cuando bajamos a la cocina ya habían desayunado casi todos. Marcos nos sirvió el café, al pasar le dio un beso en la mejilla a su hermana mientras le decía algo al oído. Diana sonrió y me dio un beso. - Bueno chicas, siento sacaros de vuestro idilio, pero tenemos que preparar las cosas cuanto antes -dijo sin dejar de sonreír.

- Deberíamos conseguir unos prismáticos de visión nocturna -dijo Diana.

- El otro día vimos una tienda bastante grande. Tenían cámaras y también prismáticos, telescopios y esas cosas.

- Es posible que allí encontremos algo -dije mientras cogía el mapa para mostrarles dónde estaba.

- Nos acercaremos hoy mismo a ver qué encontramos -dijo Marcos.

- También sería interesante conseguir algún equipo de medida para comprobar si hay gases, radiación o algún tipo de barrera eléctrica que pueda dañarnos -les dije.

- Encontrar un multímetro es fácil y quizá un medidor de gases, pero un contador geiger, por aquí... -dijo Marcos con cara de circunstancia.

- Bueno, vamos a buscar los prismáticos y a ver si encontramos algo más -dijo Diana.

Cuando terminamos el desayuno cogimos las motos y salimos a buscar todo lo que necesitábamos. Encontramos los prismáticos, pero no había ninguna tienda especializada de electrónica y, como pronosticó Marcos, sólo vimos multímetros, de los que se usaban para las instalaciones eléctricas domésticas. Nos conformamos con eso, al fin y al cabo en esa primera incursión sólo íbamos a observarles. Necesitábamos saber algo más de ellos: el enfrentamiento estaba descartado, pero al menos debíamos saber si se moverían de allí, ya que no estábamos tan lejos como para que, en cualquier momento, una de sus naves nos localizara.

Desechamos la idea de ir a caballo, era demasiada distancia y las motos nos permitirían escapar mucho más rápido en caso de necesidad. Nos habíamos fabricado unas flechas de madera para las ballestas, pensando que, seguramente, tendrían activada la barrera eléctrica.

Cogimos también las escopetas: ya sabíamos que en el cuerpo a cuerpo eran tan frágiles como un humano. En una mochila pusimos algunas cosas básicas por si se complicaba nuestro regreso. Llenamos los depósitos de las motos y Marcos las revisó de arriba a abajo para evitar sorpresas. Aquella misma noche teníamos todo listo. Todos estuvieron de acuerdo en cubrir nuestras tareas del día siguiente para que estuviésemos descansados.

Para variar nos levantamos tarde, los chicos nos habían dejado el desayuno preparado y un picnic para bajarnos a la playa. Aunque Clara y Noe no iban a venir, también las incluyeron para que pudieran pasar con nosotros algún tiempo. Para ellas la espera iba a ser mas tensa que para el resto.

Como estaba previsto descansamos y nos relajamos; a pesar de ello ninguno podíamos olvidar que, en unas horas íbamos a estar muy cerca de un tremendo peligro. Bastaba con que uno solo de esos seres nos localizara para que nuestras posibilidades de salir bien parados de allí fueran prácticamente nulas.

Después de cenar revisamos por última vez los preparativos y cogimos la comida y el agua.

Esa noche nadie se acostó hasta que nos fuimos, salieron a despedirnos, nos dieron ánimos y nos pidieron que no nos arriesgásemos más de lo necesario.

Tardamos menos de una hora en llegar a la parte baja de la montaña en cuya ladera estaba el campamento alienígena. Paramos un momento para mirar con los prismáticos. Igual que en las otras ocasiones, la noche les hacía desaparecer dentro de sus estructuras, no había movimiento alguno. Aún estábamos lejos, pero ya se adivinaban unas edificaciones mucho más complejas que las que habíamos visto hasta ahora. La estructura recordaba a un panal de abejas con una celda central en la que estaba la nave más grande, rodeada por un centenar de naves pequeñas, que a su vez estaban rodeadas por otras seis naves de gran tamaño. Cada una de ellas constituía el lado de un hexágono y de sus extremos salía una malla de contención que compartía uno de los lados con la nave contigua y se cerraba en otras tres caras. En cada uno de los seis hexágonos exteriores había una gran construcción en el centro y otras mas pequeñas, similares a las que vimos en la casa del monte, rodeándola. El tamaño del campamento era descomunal. Calculamos que cada celda mediría aproximadamente dos hectáreas, unos cuatro campos de fútbol.

Bebimos un poco de agua y proseguimos la marcha. Ahora íbamos mucho más despacio, queríamos hacer el menor ruido posible. La carretera ascendía por encima del campamento. Era evidente que no la habían necesitado para llegar hasta allí, porque el acceso desde ella era imposible incluso a caballo. Encontramos una cabaña abandonada en un saliente de la carretera, tenía dos pequeñas ventanas alargadas que más bien parecían aspilleras y que nos permitían observar el campamento desde arriba sin ser vistos. Ocultamos las motos bajo un pequeño tejadillo en la parte posterior y preparamos todo dentro para estar lo mas cómodos posible durante nuestra vigilancia.

Estaba claro que por la noche no íbamos a poder observar muchas más cosas de las que ya habíamos visto, así que decidimos dormir por turnos. Los únicos movimientos que detectamos fueron los de algunos animales que se acercaron curiosos al oler nuestra presencia. Yo hice el último turno. Un poco antes del amanecer les desperté.

Nos pintamos la cara y las manos con la pintura de camuflaje para evitar que ningún brillo nos delatara, y nos colocamos cerca de las ventanas y la puerta, para tener lo más controlado posible el perímetro.

Con el alba empezó el movimiento en el campamento. Estábamos a menos de cien metros de la celda más cercana. Se dirigían a la estructura central de forma desordenada, pero constante, no parecían seguir ningún tipo de formación, era más bien como cuando sales de un estadio y vas hacia la boca de metro. En poco tiempo entraron todos hasta que no quedó ninguno deambulando por el exterior. En las otras celdas ocurrió exactamente lo mismo. No volvieron a salir hasta que el sol estuvo bastante alto. Había muchísimos, calculamos que unos dos o tres mil en cada celda. Cuando salieron al exterior de nuevo no parecían tener una ocupación, seguramente lo que fuera que hicieran lo hacían dentro de la estructura. Se oía un extraño murmullo.

Al igual que los que eliminamos en su momento, llevaban un respirador que les cubría la boca y la nariz y llegaba hasta el tórax. En la parte baja tenía dos luces que cambiaban de color. Sospecho que eran un indicador de la calidad del aire. Nos fijamos en que, cuando salían de alguna de las estructuras, las dos eran anaranjadas y, cuanto más tiempo pasaban en el exterior, más se distinguían entre ellas, tanto en color como en brillo.

Aquello abría una gran incógnita, ¿por qué ir a un mundo en el que no puedes sobrevivir por ti mismo e invadirlo de una manera tan brutal? ¿Qué era lo que habían venido a buscar? No parecían interesarse en absoluto por la vida, ni la animal, ni la vegetal. Además, tenían claro que el ser humano era el único inconveniente a la hora de tomar lo que quisieran y por eso nos habían aniquilado. Su relación con los animales era indiferente, incluso buena. Quizá buscaran algún recurso de tipo mineral, aunque tampoco habíamos visto ningún tipo de explotación minera.

Por otra parte, nosotros éramos como una hormiga que, con lo que ve desde su hormiguero, tratara de describir cómo es el mundo. Aquel campamento podía ser cualquier cosa, quizá un puesto de vigilancia, una estación de llegada o salida, o un laboratorio científico. No teníamos ninguna información de lo que estaba ocurriendo en el resto del planeta, no sabíamos si se había organizado alguna resistencia o si los pocos humanos que quedábamos estábamos tan aislados que terminaríamos extinguiéndonos.

En cualquier caso, debíamos saber más de ellos y este era un primer paso para conseguirlo.

Desconocíamos si, en algún momento, se habían dedicado a explorar la zona, pero desde luego aquel día ni una sola nave, ni uno solo de los extraterrestres salió del campamento. Sus movimientos parecían programados: de pronto salían todos y luego desaparecían dentro de las grandes estructuras centrales.

Llevábamos una pequeña libreta cada uno en la que fuimos anotando las cosas que nos llamaban la atención. No queríamos hacer ruido, así que en todo el día no hablamos entre nosotros salvo por señas.

Cuando quedaban menos de dos horas para que se pusiera el sol, salieron todos por última vez. Portaban unas grandes cajas del tamaño de un arcón congelador, una por cada estructura, parecía algún tipo de equipo electrónico. Las dejaron en el suelo y de la parte superior salió una antena, que se fue desplegando hasta formar una superficie circular que recordaba a un panel solar. En cada equipo había un mínimo de tres alienígenas manipulando los mandos. En la parte superior destacaba una línea luminosa que fue cambiando de color hasta alcanzar un brillante naranja, parecido al de sus respiradores. En ese momento, se replegaron las antenas y volvieron a meter los equipos dentro de las estructuras, tras ellos entraron todos. Ya no volvieron a salir.

Nos sentíamos tentados de hacer algún ruido o lanzar algo dentro del campamento para observar su reacción cuando, de pronto, sucedió algo inesperado. Una vaca solitaria, que parecía huir apareció corriendo a toda velocidad por la ladera y, a unos veinte metros de ella, una gran jauría de perros la perseguía. La vaca huía descontrolada y ciegamente arremetió contra la valla de contención, recibió una gran descarga eléctrica y cayó al suelo, no sin antes producir un gran destrozo en la malla y en una de las pequeñas estructuras. Los perros que la perseguían entraron por el hueco que había dejado montando un gran escándalo de gruñidos y ladridos. A la par, comenzaron a salir los alienígenas de la estructura afectada y los perros se lanzaron contra ellos. Los alienígenas emitían unos extraños chillidos. Se defendían del ataque de los perros con las manos, pero en ningún momento les vimos sacar nada parecido a un arma. En menos de cinco minutos había fuera unos cincuenta, los perros se vieron en minoría y se fueron hacia su presa inicial, que yacía sin vida dentro del recinto. El sol estaba a punto de ponerse. Las luces de sus respiradores habían bajado bastante de intensidad. Las de los que estaban en el suelo, heridos por el ataque de los perros, comenzaban a tener un color azulado, se les veía respirar con dificultad. La gran nave que había en el extremo de la celda abrió una rampa lateral y, al menos la mitad de ellos, corrieron a refugiarse dentro. Al poco salieron con una especie de camillas en forma de cápsula y recogieron a los heridos. Los que se habían quedado fuera se afanaban por reparar la malla exterior; se les veía cada vez más débiles. Los perros que aún estaban dentro devorando la vaca se volvieron hacia ellos amenazantes hasta que consiguieron hacerlos huir sin poder terminar su trabajo. De esa manera quedaron expuestos a la entrada de cualquier intruso. La nave comenzó a emitir un extraño pitido y todos salieron de las pequeñas estructuras y se dirigieron a la rampa. La nave era grande pero aun así debían estar bastante hacinados dentro. Habíamos pensado volver esa noche a la casa pero, ante lo que estaba ocurriendo, decidimos quedarnos un día más allí.

Con los primeros rayos de sol ya empezó el movimiento. Esta vez cada uno parecía tener una tarea. En seguida nos dimos cuenta de que estaban desmontando el campamento, primero las estructuras interiores, grandes y pequeñas, y lo último la gran malla de contención. Tardaron unas seis horas en terminar, entonces se metieron todos en las naves y se marcharon de allí. Se dirigieron hacia el mar, en ningún momento les vimos girar hacia la costa, parecía que al menos aquellos estaban abandonando nuestro país.

Nosotros también recogimos. Teníamos prisa por irnos, seguramente estarían preocupados por nosotros y ya nada nos retenía allí. Había mucho que pensar sobre lo que habíamos visto.

Antes de volver avanzamos un poco más por la costa, para asegurarnos de que no había otros campamentos próximos. No vimos nada: al menos en cien kilómetros todo estaba despejado. Emprendimos el camino a casa.

Eran las seis y pico de la tarde cuando llegamos. No habían bajado a la playa. Cuando oyeron las motos salieron todos a recibirnos. Noe y Clara iban las primeras, corrieron hacia nosotros, y nos fundimos los cinco en un emocionante abrazo. Las dos lloraban desconsoladas, se notaba que lo habían pasado mal pensando que nos había sucedido algo. Luego se unieron al abrazo los demás, formando una gran melé.

- ¿Qué hacéis que no estáis todos en la playa? ¿Nos vamos un par de días y perdéis las buenas costumbres? -dijo Diana mirándoles a todos con una sonrisa tranquilizadora.

- Vamos a cambiarnos y nos bajamos todos a dar un baño -dijo Marcos quitándose la chaqueta.

Al rato ya estábamos todos disfrutando del mar. Estaban ansiosos de que les contásemos lo que habíamos visto, pero la alegría de tenernos de vuelta era enorme, y nadie quería romperla, al menos de momento. Sentí que debía darles un pequeño avance para mitigar su ansiedad.

- En la cena os contaremos todos los detalles, pero para que os quedéis tranquilos, os adelanto que se han ido. Hemos avanzado por la costa al menos otros cien kilómetros y no hay ningún otro campamento por aquí -les dije levantando el pulgar hacia arriba.

Cuando terminé de hablar todos rieron y levantaron los brazos en signo de victoria.

Diana se alejó nadando un poco del grupo y me hizo señas para que me acercara a ella. Con la tensión de la vigilancia y también por respeto a Marcos, llevábamos dos días sin un beso ni una caricia. Nos echábamos muchísimo de menos. Nos besamos y nos abrazamos pero, a pesar de nuestras ganas, no pudimos ir mucho más allá porque pronto tuvimos a todos demasiado cerca como para tener intimidad. Marcos y Clara se rieron al ver la situación y no nos quedó otra que reírnos con ellos.

Nos quedamos allí hasta que se puso el sol. Todos necesitábamos relajarnos después de tanta tensión.

Ya en la casa, después de cenar y una vez que se hubieron acostado los pequeños, les contamos todo lo que habíamos visto y cómo una simple vaca había hecho huir a miles de aquellos seres. Esto abría una nueva perspectiva para luchar contra ellos, su vulnerabilidad era manifiesta. Nos dimos cuenta de lo importante que era reunir un grupo numeroso de personas. Atacando sus campamentos por la noche por varios flancos la victoria se veía posible.

Nuestro siguiente objetivo era organizar la resistencia. Nos habíamos traído el equipo de radiofrecuencia, que estaba cogiendo polvo en la planta de abajo. Había que volver a ponerlo en marcha. Por otra parte, los equipos electrónicos que no habían estado en las zonas críticas aún funcionaban y, aunque no había corriente eléctrica, sí teníamos infinidad de pilas y baterías. Grabaríamos mensajes de voz, informando de todo y estableciendo puntos de encuentro. Buscaríamos grupos electrógenos que permitieran dejar mensajes luminosos, visibles a distancia, encendidos durante la noche. Peinaríamos la zona buscando supervivientes. Todo aquello suponía una monumental tarea, pero era eso o rendirnos y no estábamos dispuestos a hacerlo.

La justicia

El verano se estaba terminando. Aunque la temperatura era suave, por las noches ya refrescaba bastante. Llevábamos varios meses recorriendo el entorno y sembrándolo de mensajes de todo tipo: si había algún ser humano en cien kilómetros a la redonda antes o después terminaría por verlos.

De pronto un día, a la hora de comer, cuando estábamos a punto de sentarnos a la mesa comenzó a sonar la radio. No estábamos acostumbrados a oír ningún ruido externo y nos sobresaltamos. Corrimos hacia el equipo, se oía muy mal, pero sin ninguna duda era un humano el que hablaba. Marcos ajustó como pudo los controles y entonces distinguimos el mensaje: "Somos unos supervivientes de la invasión, ¿alguien nos escucha? Cambio."

Marcos cogió el walkie y contesto:

- Te oímos desde la costa cantábrica. Cambio.

Se oyó una algarabía, lo menos había cinco o seis personas gritando de alegría al otro lado. Una voz pidió silencio y volvió a hablar:

- Qué alegría escuchar voces humanas. Cambio.

- También para nosotros. Cambio -

Estuvimos hablando con ellos más de una hora. Nos contaron que eran seis montañeros, que todo esto les pilló en una subida a Picos de Europa. No sabían nada y al bajar se encontraron todo el pastel. Habían sobrevivido de manera similar a la nuestra y hacía poco intentaron volver a Madrid, pero la Meseta estaba infestada de alienígenas, había miles de naves en el camino, así que tuvieron que darse la vuelta. Hacía poco encontraron la radio en una de las casas cercanas empezaron a emitir con la esperanza de dar con otros supervivientes. Hasta hoy no habían tenido respuesta.

Les contamos que éramos dos grupos y que hacía relativamente poco que estábamos juntos. Que éramos diez. No dimos detalles ni de edades, ni de lo que les había pasado a Amaya y a Almu. Sí de nuestra batalla contra los ocho alienígenas y también de cómo una vaca y veinte perros hicieron huir a miles de ellos.

Quedamos en contactar al menos un par de veces por semana y, más adelante, vernos en un punto intermedio. También nos comprometimos ambos a seguir buscando a otros supervivientes.

Cuando cortamos nos sentamos por fin a comer. Estábamos contentos, era un buen primer paso.

- ¿Qué te parece Nuria? -me preguntó Diana en cuanto nos quedamos a solas.

- Creo que debemos ir con cuidado e intentar saber más de ellos antes de verlos en persona. No parecen mala gente, pero vete a saber -le dije encogiendo los hombros.

- Yo pienso lo mismo. Mejor no precipitarnos -me dijo mientras le hacía un gesto a Marcos para que se acercase.

Él estuvo totalmente de acuerdo, nuestro grupo como familia era estupendo, pero como equipo de combate teníamos demasiadas debilidades.

Durante las siguientes semanas seguimos hablando con ellos. Poco a poco les fuimos conociendo. La verdad es que parecían gente normal. Eran cuatro chicos y dos chicas, entre diez y nueve y veintiocho años. Cuatro se conocían de la facultad y el mayor y el más joven eran, respectivamente, el novio de una de las chicas y su hermano.

Finalmente, tras muchas horas de conversación, decidimos que debíamos vernos. Nos dijeron que no les importaba acercarse a la playa, así que quedamos una semana después en uno de los puntos de encuentro que habíamos establecido por si aparecía algún otro superviviente.

Aquella tarde habíamos ido Diana y yo a dar un paseo con Amaya y Noe. Estábamos a punto de salir de la pequeña masa boscosa que ocultaba nuestra casa, cuando oímos el ruido de un motor aproximándose. Nos escondimos para observar sin ser vistas. Un coche se acercaba despacio por la carretera que llevaba a la playa, dentro iban tres hombres. Me giré hacia Diana para hacerle una señal cuando vi la cara de Amaya. Estaba pálida, con los ojos muy abiertos y apretando la mandíbula. No hizo falta que dijera nada, Diana y yo nos dimos cuenta en el acto de lo que sucedía. Me asomé un poco más y vi que se detenían a doscientos metros, delante de una de las pocas casas que había en esa zona.

- Noe, corre a casa y dile a Marcos que baje con los prismáticos y meteos todos dentro hasta que volvamos -le dije sin levantar demasiado la voz.

Noe salió corriendo como alma que lleva el diablo, sabía que algo grave le había pasado a Amaya, aunque no exactamente qué, pero su cara le confirmaba que aquellos tipos tenían que ver con aquello...

En menos de cinco minutos llegó Marcos con los prismáticos y la escopeta. Les observamos, parecía que pensaban quedarse ahí una temporada. Reventaron de un disparo la cerradura de la puerta y comenzaron a descargar el coche. Llevaban una gran cantidad de alcohol y también armas de fuego, agua, algo de comida deshidratada y latas. Estaba claro que se abastecían de lo que encontraban en el camino.

Diana se había quedado unos metros más atrás con Amaya, la protegía con su cuerpo y le acariciaba el pelo. Amaya lloraba y se agarraba con fuerza a ella. Le hicimos señas de que se la llevara a casa.

Marcos y yo nos quedamos un rato vigilando a aquellos tipos. Era obvio que no se iban a mover de allí, al menos hasta el día siguiente. Los dos sabíamos lo que había que hacer. En otro tiempo habríamos llamado a la policía y los habrían detenido y juzgado por violación y asesinato, pero en el fin del mundo la justicia llevaba otros cauces. Decidimos volver a la casa para reunirnos con los demás. Cuando llegamos nos estaban esperando todos en el salón.

- Noe, Víctor, llevaos a los niños arriba, por favor -les dije y obedecieron sin rechistar.

Los que quedamos no sentamos en la cocina alrededor de la mesa. Almudena tenía la mirada perdida, se agarraba las manos y las movía de forma nerviosa. Entendimos que no podríamos contar con ella para lo que había que hacer. Marcos habló:

- No podemos permitirnos tener a esa gentuza tan cerca. Solucionaremos el problema esta misma noche -dijo tragando saliva.

- Tienen armas y sabemos que son muy peligrosos, pero estoy segura de que piensan dar buena cuenta del alcohol que les hemos visto descargar. Atacarles por sorpresa cuando estén borrachos es nuestra única baza -les dije con rotundidad.

- Iremos los tres esta noche -dijo Diana.

Nos miramos y no tuvo que mediar palabra, la decisión estaba tomada. Nadie dijo nada, sabían que éramos los únicos que podíamos hacer algo así.

Nos dejaron solos para que pudiésemos trazar el plan. Estábamos bastante serios, matar a un ser humano era algo que jamás antes nos habíamos planteado. Sabíamos que no había margen de error. Si fallábamos pondríamos nuestras vidas y las de las personas que más queríamos, en peligro. Establecimos una señal para iniciar el ataque y a partir de ese momento no habría marcha a atrás.

Salimos de la casa pasada la media noche: a esa hora ya debían llevar bebiendo suficiente tiempo como para que los efectos del alcohol se empezasen a notar. Bajamos andando hasta la casa, llevábamos las ballestas y un cuchillo cada uno, además de las escopetas, aunque el plan era no utilizarlas salvo que todo se torciera. Queríamos eliminarlos uno a uno, lo más silenciosamente posible.

La casa tenía un porche cubierto con una maravillosa vista al mar, sin más barreras que una pequeña valla, unas cuantas rocas y un poco de arena. Los tres estaban allí. Parecían forajidos del lejano Oeste, cada uno con una botella de whisky, sin vaso, ni hielo, ni refresco. Al paso que bebían seguramente caerían inconscientes, pero aún les quedaba bastante para eso. Nos apostamos detrás de las rocas; había demasiada distancia como para asegurarnos un disparo mortal, al menos con la ballesta.

Nos acercamos un poco más. Se les oía hablar.

- Ahora que lo tenemos todo nos falta lo principal -dijo uno de ellos.

- ¿Hielo? -preguntó el que parecía más bobo de los tres.

- No imbécil, mujeres -contestó el primero.

- ¿Por qué no le hacemos una visita a nuestra familia favorita y nos traemos a la niña? Estaba bien buena -dijo el tercero.

Se rieron los tres. Eran repulsivos. Me alegré de que Amaya no estuviese allí y también de haberles oído. Ahora me era más fácil justificar lo que habíamos venido a hacer.

Estuvimos al menos tres horas esperando hasta que el último de ellos se quedó dormido. Nos acercamos sigilosamente y, cuando estábamos a unos cinco metros, cargamos las ballestas y les apuntamos al corazón. En los ojos de mis queridos gemelos se podía ver la duda, supongo que igual que en los míos. Nos miramos y Diana dijo:

- ¡Por ellas!

Y las tres flechas salieron como el veredicto de un jurado: "¡Culpables!"

No queríamos correr riesgos, saltamos la barandilla y con el cuchillo les rebanamos el cuello: fue algo automático, casi instintivo. El mundo había cambiado y las leyes y los estamentos que antaño aseguraban el cumplimiento de las mismas no eran ya más que un recuerdo, algo que contarle a los más jóvenes por si algún día podían recuperarlo. En ese momento la supervivencia primaba y, si había que matar para vivir, mataríamos. Arrastramos los cadáveres dentro, echamos agua en la pila y nos lavamos las manos y el cuchillo. Al salir dejamos encajada la puerta para evitar la entrada de alimañas. Cogimos el coche y nos volvimos a casa.

Al abrir la puerta nos encontramos a todos, menos a los dos pequeños, esperándonos. Nadie se atrevía a preguntar, aunque el hecho de que estuviésemos en casa ya era tranquilizador. Marcos habló:

- Esos tres ya no serán un problema para nadie -dijo haciendo el gesto de cortar el aire con la mano.

Todos nos miraban callados, en sus caras se veía una mezcla de alivio y preocupación.

- ¿Están...? -dijo Amaya sin querer pronunciar la palabra muertos.

- Sí -dijo Diana mirándola con cariño.

- Vamos, todos a dormir, mañana tenemos trabajo y ya es muy tarde -dijo Marcos.

Le hicimos caso, estábamos cansados y ninguno queríamos comentar más sobre aquel terrible suceso.

- ¿Estás bien? -le pregunté a Diana una vez que nos hubimos quedado a solas

- Había que hacerlo. Lo peor es que no consigo olvidar el olor de la sangre -me dijo mientras se quitaba la ropa para meterse en la ducha.

- Lo olvidaremos, ya verás -le dije cogiéndole de la mano.

Menos de dos años atrás me habría echado las manos a la cabeza ante un crimen como ese. Yo siempre había sido una fiel detractora de la pena de muerte, pero hacía ya tiempo que mis parámetros habían cambiado, la muerte había pasado a formar parte de mi vida, de la de los animales, de la de los alienígenas y desde hoy también de la de los humanos. Necesidad, batalla o justicia eran palabras con distinto significado del que siempre habían tenido.

Después de ducharnos nos metimos en la cama, caímos rendidas enseguida pues la tensión había sido enorme y estábamos agotadas. Al día siguiente me levanté con una obsesión. Estaba claro que no había demasiados humanos supervivientes, pero los que lo hubiesen conseguido tenían el mismo acceso que nosotros a todo, incluidas las armas. Si un día, por sorpresa, aparecían en nuestra casa y decidían atacarnos, no estábamos preparados para repelerlos. Sólo Marcos, Diana y yo manejábamos las armas, los demás nunca habían disparado. Además sólo teníamos tres escopetas y tres ballestas. Teníamos que conseguir más armas y enseñar a todos a disparar, incluidos los niños.

Cuando terminamos de desayunar les pedí que se quedaran un momento y les conté lo que había estado pensando. Hubo algunas reticencias sobre los niños, pero acordamos que nunca podrían utilizar las armas sin un adulto delante y, al final, todos estuvieron de acuerdo.

Los siguientes días nos dedicamos a reunir el arsenal y a instruir a todos en el manejo de las armas. Para las prácticas de tiro elegimos un polideportivo que había a unos quince kilómetros. Curiosamente, los niños resultaron ser bastante buenos tiradores y eso nos tranquilizó a todos ya que, a priori, eran los más débiles.

Con todo el ajetreo casi se nos olvida que al día siguiente habíamos quedado con los montañeros. Convocamos asamblea para ver quiénes irían al encuentro. Se decidió que fueran Marcos, Clara, Almu y Víctor. Fue algo estratégico, no queríamos dar la sensación de que éramos todo mujeres. Víctor, a pesar de ser casi un niño, era bastante alto y fuerte, daba el pego. Salieron por la mañana temprano porque, aunque no habían quedado con ellos hasta la hora de comer, querían aprovechar para coger suministros y llegar a la zona antes que ellos, para reconocer el terreno y tener claro qué hacer si algo iba mal.

Diana y yo, por una vez, nos quedamos en la casa. Trabajamos un poco por la mañana, pero sin demasiada intensidad y, aprovechando que hacía buen día, nos llevamos a los chicos a comer a la playa. En principio, siempre que Marcos y compañía volviesen antes de las siete, que era la hora límite que nos habíamos puesto, no había de que preocuparse.

Noe estaba muy contenta de tenernos a las dos en casa y también Amaya. Ella siempre nos buscaba, éramos las únicas con las que se había sincerado y a las que era capaz de acudir cada vez que se sentía mal. A nosotras nos daba mucha pena, acababa de cumplir diez y seis años y, sin embargo, no se comportaba como una adolescente. Independientemente del hecho de que por allí no hubiera ningún chico de su edad, ni siquiera soñaba con ello. Al contrario, le gustaba preguntarnos cómo era estar con una chica. No es que esto tuviera importancia en sí, el problema es que realmente sólo lo hacía como vía de escape, por la repugnancia y el dolor que le producía recordar lo que le había sucedido. Ella nos veía como el ideal de pareja, siempre cariñosas y respetuosas la una con la otra, ni siquiera recordaba a sus padres tratándose con tanto amor.

Yo deseaba que los montañeros fueran buena gente y que pudiésemos ampliar nuestra pequeña familia, que pudiese ver otros ejemplos positivos. Además, ahora mismo tampoco tenía con quién dar esos primeros pasos hacia una relación sana. Noe, aparte de ser más pequeña, parecía estar bastante más interesada en Víctor que en ella. Y a Clara se la veía enamoradísima de Marcos. Estaba muy sola…

Estábamos ya recogiendo las cosas para volver a casa cuando llegaron los cuatro. Venían sonrientes, parecía que todo había ido bien. Marcos salió del coche con el pulgar hacia arriba, nos hizo señas de que iban a descargar y que luego nos contaría.

En la cena nos pusieron al día del encuentro. Bajaron los seis, eran aparentemente buena gente. Habían estado muy aislados de humanos y alienígenas, con lo que no eran tan distintos a cuando todo sucedió, simplemente seis universitarios, aficionados a la montaña. Era como encontrar una mina de oro, no habían tenido que matar ni habían visto morir, sólo sobrevivir. Eso hoy en día era un lujo.

Marcos quedó con ellos en hablar primero con la familia y, si estábamos de acuerdo, buscarles algún sitio cerca de nosotros para pasar el invierno. Diana y yo, que al final éramos las más escuchadas en asuntos de seguridad, confiábamos en Marcos. Si él pensaba que eran de fiar no había más que decir.

En menos de una semana les habíamos encontrado una casa, similar a la nuestra, suficientemente cerca como para vernos con asiduidad y suficientemente lejos como para tener independencia. Les llamamos por la radio y se lo dijimos, se pusieron muy contentos. En pocos días estaban instalados.

Les ayudamos con todo: nosotros, incluso los niños, sabíamos lo que había que hacer con el ganado, la huerta y la pesca.

De pronto volvíamos a tener vecinos, era algo extraño pero agradable. Bajábamos a la playa y nos cruzábamos con ellos, estábamos un rato hablando y luego cada uno a su casa. De alguna manera parecía como si el fin del mundo quedase muy lejos de allí.

Cuando ya llevaban un par de semanas en la costa y habíamos comprobado que su comportamiento era normal, decidimos hacer una pequeña fiesta en casa para celebrar el crecimiento de nuestra pequeña comunidad. Era una oportunidad para conocernos todos un poco mejor y, quizá, empezar a hablar de objetivos superiores. Como la fiesta era para todas las edades, empezó a las siete. Los niños se encargaron de decorar la casa y, como todavía hacía bueno, sacamos las mesas fuera. El día anterior nos fuimos de "compras" para estar elegantes para la ocasión. Desde que Diana y yo nos casamos no habíamos vuelto a celebrar ninguna fiesta. Estábamos bastante emocionados.

Nos lo pasamos genial, comimos, bebimos un poco más de la cuenta, incluso bailamos. Aquel no era el día para hablar de cosas serias, nos limitamos a conocernos un poco mejor y, sobre todo, a divertirnos.

El barco

Poco a poco iba entrando el otoño. Aunque el clima en la costa era mucho más suave que en la montaña, se notaba que los días eran más cortos y las noches más frías.

La confianza en nuestros vecinos cada vez era mayor. Empezamos a hacer juntos las expediciones en busca de vida. Esto nos permitía ir un poco más lejos, sin dejar a ninguno de los dos grupos desprotegido.

De momento no nos habíamos encontrado a nadie, pero sí habíamos visto algunas señales que indicaban que alguien había pasado por allí. Podían ser los tres tipos o quizá algún otro superviviente que estuviese escondido. Procurábamos dar una vuelta por casi todos los pueblos, pero era casi imposible batir el cien por cien del terreno. Y no sé si era un anhelo o una certeza, pero estábamos seguros de que, antes o después, encontraríamos a alguien.

Ese día me tocaba a mí hacer la comida, cuando llegó Noe corriendo y gritando:

- Mamá, mamá, ¡hemos visto un barco! -dijo mientras recobraba el aliento.

- ¿Dónde, cariño? -le pregunté.

- En el mar, está lejos pero se mueve -me dijo emocionada.

Cogí los prismáticos y ensillé dos caballos. Quería llegar lo antes posible. En menos de cinco minutos estábamos las dos en la playa. Miré por los prismáticos: era una fragata de la marina española. Parecía que se estaba acercando a la costa.

Tenía que avisar a todos: esto exigía una reunión de emergencia. Le dije a Noe que fuera a buscar a Diana y a

Marcos y yo me fui a por los montañeros. En quince minutos habíamos movilizado a todo el mundo.

Al principio temimos que fuera un barco fantasma, pero según se iba acercando pudimos comprobar que había marineros sobre cubierta.

Teníamos un plan preparado para esa ocasión pues hacía tiempo que esperábamos la llegada de algún barco: el mar era demasiado grande como para que los alienígenas los hubiesen localizado a todos.

Según lo planeado, Marcos y Víctor se fueron rápidamente a casa. Los demás nos quedamos en la playa para desplegar una enorme pancarta, con nuestra frecuencia de emisión y un mensaje amistoso para el barco.

Al cabo de un rato volvió Víctor, venía muy contento, habían hablado con ellos, vieron nuestra pancarta y contactaron por radio. Nos dijeron que se acercarían un poco más a la playa y por la tarde mandarían un grupo en lancha para hablar con nosotros.

Era casi la hora de comer, nos fuimos a casa para hacer lo propio y prepararnos para la cita vespertina.

Yo estaba pensativa. De pronto había surgido de la nada algo que ya daba por perdido: la autoridad. Lo que más me preocupaba era que, quizá, quisieran decirme lo que debía hacer, a mi qué había derrotado a los alienígenas, que había juzgado y ejecutado a tres malos hombres, que había salvado mi vida y la de otras personas. Yo ya no era la Nuria de antes de la invasión, ahora tomaba decisiones que podían afectar al mundo, a la especie humana.

Me aparté un poco para hablar con Diana y preguntarle cómo veía ella el encuentro. Me di cuenta de que le surgían las mismas dudas que a mí. La sensación era como si lleváramos años viviendo solas y de pronto tuviéramos que volver a casa de nuestros padres...

Acordamos que Marcos, Diana y yo acudiríamos a la cita junto con Marta y Hugo en representación de los montañeros. Quedamos a las cinco en la playa para esperar a los marineros. Era importante que nos mostrásemos como un grupo unido. Decidimos que Marcos sería el portavoz, el había vivido todas las situaciones y era menos impulsivo que nosotras.

Vimos con los prismáticos que fletaban una lancha a la que se subían cinco hombres. El mar estaba bastante tranquilo así que no tardaron demasiado en llegar a la playa. Nos acercamos a ellos.

- Bienvenidos -dijo Marcos tendiéndoles la mano.

- Bien hallados. Soy Eduardo Martín, teniente de la fragata *Reina Sofía*. Soy el segundo oficial al mando -dijo con solemnidad, como si aquello fuera un encuentro entre autoridades civiles y militares.

Nos contaron que la invasión les había sorprendido en unas maniobras, que el mando naval había ordenado el acuartelamiento, pero que no les daba tiempo a llegar. Las últimas órdenes que tenían eran contradictorias con las primeras. Un general del ejército de tierra había logrado sobrevivir junto con sus hombres y estaba dirigiendo la resistencia desde Zaragoza. Ellos estaban recorriendo la costa cantábrica buscando supervivientes y estableciendo contacto con otros buques de todo el mundo que pudiesen unirse a la batalla.

Marcos les contó nuestra experiencia y cómo les habíamos derrotado con cierta facilidad. Nos llamó la atención que no supieran cosas básicas de ellos, que eran fruto de la mera observación. En seguida me di cuenta del porqué.

Ellos habían intentado ofensivas como ejército, incluso por la noche, pero en cuanto lo hacían, los alienígenas activaban sus sistemas de seguridad, incluido el gas letal, y el resultado era desastroso. Nosotros, sin embargo, habíamos actuado como una guerrilla, de forma violenta y rápida, sin dejar margen a su reacción y sin ningún orden por el que pudiesen orientarse para combatirnos.

El teniente era un hombre joven pero sensato. Le pareció muy interesante la información que podíamos aportar y nos pidió que les acompañáramos a la nave para hablar con el capitán. En la lancha sólo cabían dos personas más, así que fuimos Marcos y yo.

Subimos a la fragata, los marineros nos miraban complacidos, creo que no habían encontrado demasiados supervivientes. Nos llevaron al puente donde estaba el capitán, que era un hombre de mediana edad. Nos saludó marcial. Fuimos a la sala de oficiales y allí estuvimos hablando con él largo y tendido. Le dimos todos los detalles que pudimos recordar, él los iba apuntando en un pequeño cuaderno azul con el escudo de la armada española.

Cuando terminamos la conversación, nos dimos de nuevo la mano y acordamos cooperar en lo que pudiésemos los unos con los otros para liberar al mundo de aquella maldita invasión.

Antes de abandonar el barco estuvimos un buen rato con el operador de radio, aprendiendo algunas cosas básicas para mejorar nuestras emisiones y estableciendo un canal para comunicarnos con ellos.

Tres marineros nos llevaron de nuevo a tierra donde nos aguardaban todos, ansiosos del relato de nuestra reunión. No les hicimos esperar: algo como esto es lo que llevábamos tanto tiempo buscando. No sólo no estábamos solos, sino que, al menos, una pequeña porción del orden que ya creíamos perdido había sobrevivido a la extinción.

Los otros

Seguimos en contacto con el barco durante las siguientes semanas y eso nos permitió saber algo más de cómo estaba el mundo. Nos dieron noticias de otros pequeños grupos de civiles a lo largo de la costa cantábrica. Sin embargo, en la meseta parecía no haber ni un superviviente y, si lo había, estaba aislado en un mar de alienígenas, con lo que era prácticamente imposible saber de ellos.

La fragata había contactado con barcos de otros países y también varios submarinos americanos y rusos. Las noticias que llegaban del resto del mundo eran similares, ningún país había salido indemne del ataque. Por los datos que teníamos ni el diez por ciento de la población mundial seguía con vida.

El capitán le había transmitido al general la información que le habíamos dado y, gracias a ella, habían empezado a sacar provecho de los ataques a los alienígenas, incluso habían conseguido capturar a alguno con vida. Los mantenían aislados en un recinto con luz solar artificial: de esta manera habían descubierto que el aire que respiraban se parecía mucho al nuestro, pero con una composición alta de helio y más pobre de oxígeno.

Nos recomendaron construir un búnker para protegernos en caso de un nuevo ataque con gas. Nos pusimos manos a la obra. Estábamos trabajando en ello cuando recibimos una alerta por radio. Un grupo de naves estaba cruzando el mar desde Inglaterra y se dirigía a nuestra zona. En menos de dos horas los tendríamos sobre nuestras cabezas.

El búnker aún no estaba terminado, así que lo más prudente era escondernos para que no nos detectaran. Oímos como se acercaban las naves. En el tejado había una claraboya desde la que pudimos ver cómo pasaban. Por la altura parecía que tenían intención de tomar tierra cerca de allí. Pasaron diez naves, en formación como las aves. De pronto una de ellas se salió de la formación y volvió a pasar sobre nosotros a mucha menos altura aún, en dirección a la playa. Dejamos de oír el ruido así que supusimos que había aterrizado muy cerca.

- En un par de horas será de noche. Deberíamos salir a ver dónde están -dijo Diana.

- Haremos dos grupos. El primero con Nuria, Diana y yo y, a poca distancia, nos seguiréis Marta, Hugo y Tomás. El resto os quedaréis en la casa -dijo Marcos que se había convertido en el líder sin ninguna duda.

- De acuerdo -dijimos todos al unísono.

Comimos algo ligero y cogimos todo lo necesario para la expedición. No nos fue difícil localizarlos, la nave había aterrizado en una playa, pasado el faro. Esa noche había luna llena y se veía bastante bien. Habían sacado los materiales que utilizaban para construir sus estructuras y los habían dejado cerca de la nave, que desprendía una brillante luz orientada hacia el lugar donde pensaban colocarlos. Entraban y salían de la nave dejando equipos y mallas. De pronto salieron de la nave dos alienígenas. Eran mucho más pequeños que los que habíamos visto hasta entonces y no eran tan rojizos, tenían un color anaranjado, casi humano. Pero lo que más nos llamó la atención era que no llevaban respirador.

- ¿Qué es eso? - preguntó Marcos en voz baja.

- O son niños o se están adaptando- le dije con cara de preocupación.

Nos miramos los tres y les hicimos una señal a los del segundo grupo para que se acercasen. Ellos nunca habían visto ninguno, pero nos habían oído mil veces contar cómo eran. Los demás ya no volvieron a salir, sin embargo, los dos pequeños estuvieron fuera lo menos media hora más. Se nos planteó un dilema: estaban demasiado cerca como para dejarlos ahí, sin embargo, no podíamos luchar contra ellos dentro de la nave, no teníamos ni idea sobre el material de que estaba hecha, si sería vulnerable o no a nuestras armas y, sobre todo, si atacarla supondría alertar a las otras naves.

Decidimos volver a la casa y llamar por radio al *Reina Sofía* para informar de la situación. Quizá ellos pudieran prestarnos ayuda.

Nos preguntaron si podríamos aguantar allí tres días, el tiempo que tardarían en llegar. Les dijimos que lo intentaríamos; no teníamos muchas más opciones.

Se nos pasó por la cabeza marcharnos de allí, coger todo lo que pudiéramos y volver a empezar en otro sitio. Pero ya era casi invierno, no podríamos sembrar hasta la primavera y llevarnos poco a poco lo que teníamos almacenado era casi tan arriesgado como quedarnos.

Hicimos una votación y hubo un rotundo diez y seis a cero a favor de quedarnos. Tendríamos que trabajar por la noche y escondernos por el día hasta que llegaran los marineros y estar preparados en cualquier momento para un enfrentamiento con los alienígenas. Establecimos puestos y turnos de vigilancia. Para avisarnos entre nosotros teníamos unos reclamos de pájaros que nos permitirían pasar desapercibidos.

Realmente no tuvimos que improvisar mucho. Incluso estaban hechos los equipos y habíamos construido algunas pequeñas trincheras a lo largo del perímetro de las casas, para parapetarnos tras ellas.

La noche fue dura, hasta los niños estuvieron trabajando para dejar todo listo.

Un poco antes del amanecer el primer turno se situó en sus posiciones. En uno de los árboles más altos habíamos colocado una pequeña plataforma en la que cabían tres personas y desde la que se veía la playa. A pocos metros de ellos, una trinchera en la que se apostaban los enlaces de comunicaciones, que llevarían noticias a los demás puestos cada hora o cuando los vigías les alertasen. Y otros dos puestos más rodeando la casa. Los demás permanecerían dentro descansando y turnándose de dos en dos para despertar al resto en caso de necesidad. Sólo los dos niños más pequeños estarían exentos de los puestos exteriores.

Desde primera hora, los alienígenas trabajaban en su estructura, incluso los dos anaranjados. Aunque es verdad que su comportamiento no era idéntico al de los otros: claramente respiraban sin ayuda y permanecían todo el rato fuera de la nave. Cada hora y pico todos los rojos entraban en ella y tardaban en salir al menos veinte minutos, mientras los demás se tomaban un descanso, sentados en la arena o incluso paseando por la playa.

Ya nos habíamos acostumbrado a sus facciones y apreciábamos diferencias entre unos de otros. De esta manera pudimos saber que en total eran ocho, igual que el grupo que habíamos eliminado en la montaña.

Cuando cayó la noche nos reunimos todos en la casa. Yo llevaba un tiempo barruntando un plan. Convoqué asamblea para contárselo a todos.

-Quiero contaros lo que se me ha ocurrido. Es peligroso, pero es una opción -dije situándome en la cabecera de la mesa.

- Dinos -dijo Marcos

- Todos hemos observado las entradas y salidas de la nave. Si nos apostamos cerca de ellos antes de que salga el sol y esperamos a que estén todos fuera, podemos acribillarlos a balazos antes de que terminen la estructura -dije sin andarme con rodeos. - ¡Yo me apunto! -dijo Diana, orgullosa de la salvaje en que me había convertido.

- ¿Y los demás qué pensáis? -pregunté mientras le levantaba el pulgar a Diana. -Vamos a votarlo. ¿A favor del plan suicida de Nuria? - preguntó Marcos.

Diez y seis brazos se levantaron al instante.

- Perfecto. ¿Quiénes iremos? -preguntó Diana.

- Iremos todos. Incluso mis hijos, No olvidemos que demostraron una gran puntería -dijo Almudena, con un arrojo que nunca le habíamos visto.

La cena fue muy animada, excitados ante la gran batalla que íbamos a librar en unas pocas horas. Quizá fuera una locura, pero estábamos decididos a hacerlo.

Cuando quedaba una hora para que amaneciera salimos de la casa armados hasta los dientes. Nos colocamos tras las rocas que rodeaban nuestra pequeña playa. Marcos llevaba el reclamo, era el encargado de dar la señal de "fuego".

Vimos cómo salían todos de la nave. Esperamos casi una hora a que empezasen a dar los primeros signos de debilidad, las luces de sus respiradores bajaron de intensidad y entonces silbó la "perdiz". El estruendo fue impresionante, yo creo que no les dio tiempo ni a darse cuenta de lo que estaba pasando, casi instantáneamente se desplomaron los ocho. No hubo ni que rematarlos.

Bajamos a la playa a ver los cadáveres de los alienígenas. Nos sorprendió que todos, menos los dos más pequeños, parecían envejecidos. La rampa de la nave estaba bajada, pero el interior permanecía aislado por una escotilla. La manipulamos para intentar acceder al interior, pero no lo conseguimos. Tenía lo que parecía ser un pulsador biométrico. Arrastramos hasta allí a uno de los alienígenas y pusimos su mano sobre el pulsador y entonces la puerta se abrió. Cogimos dos piedras grandes y las colocamos a los lados para impedir que se cerraran. No teníamos claro si dentro el aire sería respirable. El interior era muy amplio, tenía dos sillones en la parte delantera y otros seis atrás pegados a las paredes laterales. En el centro había un equipo similar a los que sacaron los alienígenas del gran campamento. Al fondo de la nave había otra estancia con ocho literas y cuatro cápsulas pequeñas. Nos acercamos para verlas mejor. Dentro había cuatro alienígenas más que claramente eran niños. Nos dio un poco de impresión. Eran como los anaranjados, pero más pequeños y con las facciones más dulces.

- ¿Y con estos qué hacemos? -preguntó Marcos.

Nos quedamos callados, nadie quería matar a sangre fría a un niño, ni siquiera alienígena.

- Será mejor que hablemos con el barco y que se ocupen ellos - dijo Diana.

Nos pareció bien a todos.

Aún estuvimos un buen rato recorriendo la nave. No queríamos tocar nada sin saber si podríamos activar algún sistema de alerta. No había que olvidar que el resto de las naves no andaban muy lejos. Antes de irnos metimos a los muertos dentro.

Al llegar a casa llamamos por radio al barco y les contamos todo lo sucedido. El teniente nos felicitó y oímos de fondo a los marineros dando gritos de alegría. Respecto a las cápsulas, dijeron que se las llevarían ellos e intentarían trasladarlas a la base de Zaragoza. También les dijimos que esa noche iríamos a ver dónde estaban las otras naves, pero para combatirlas los necesitábamos: seguramente habría cerca de ochenta alienígenas y ese número era inabarcable para nosotros. El teniente nos confirmó que podríamos contar con cincuenta marineros, pero que debíamos encontrar cómo llevarlos hasta el campamento. Ya teníamos tarea para lo que quedaba de día.

El problema no era encontrar vehículos, era hacerlos funcionar. Había que descartar los situados en las proximidades de las zonas donde se agrupó la gente pues el gas letal inutilizaba cualquier componente electrónico que tuvieran. De todas maneras, ya llevábamos mucho tiempo recorriendo los alrededores y sabíamos dónde encontrarlos. Costó un poco pero al final reunimos ocho que, junto con los tres nuestros, eran suficientes para llevarnos a todos. Cuando cayó el sol cogimos las motos. Era necesario localizar el campamento. No tardamos mucho en encontrarlo, a unos doce kilómetros de la costa. Habían aprovechado el recinto de un campo de fútbol local. Aquello tenía ventajas e inconvenientes. El campo estaba rodeado por una valla metálica que, por un lado, nos dificultaba el acceso, pero por otro los mantenía encerrados. Sólo había tres estructuras, en cada una de las cuales cabían más de veinticinco. Estaban conectadas por la malla electrificada y en el centro del triángulo estaban las naves formadas como un castillo de naipes. Tendríamos que atacar simultáneamente por los tres flancos, cincuenta marineros y diez de nosotros, lo que suponía que seríamos veinte por flanco. Era suficiente.

Volvimos a la casa y comunicamos de nuevo con el barco. Planeamos con ellos paso por paso lo que habría que hacer para que todo saliese bien. También hablamos sobre los equipos y armas que debíamos llevar. El asalto debía ser rápido y coordinado, para que ni uno solo de aquellos seres saliese con vida.

Los marineros desembarcaron a las seis de la tarde, con cierta claridad aunque ya se había puesto el sol. Nos juntamos todos en la playa y repasamos varias veces el plan.

No podíamos fallar: si alguno lograba escapar, nos veríamos en graves problemas.

Una ventaja que teníamos esta vez era la de las armas. Llevábamos tres lanzagranadas y varias ametralladoras. Hasta ahora nos habíamos defendido con las ballestas y escopetas de caza. Aquello era como pasar de un Seat a un Ferrari. Esperamos dos horas más para asegurarnos de que era noche cerrada y estaban recogidos en las estructuras. Ya estábamos todos dentro del recinto, los lanzagranadas apuntando a las naves y el resto esperando la señal para rajar la malla y entrar disparando a todo lo que se moviera.

Los que estaban más cerca de la entrada cayeron en el acto, pero los del fondo intentaron huir. Corrimos tras ellos. Diana y yo perseguimos a uno. Se echó al suelo en actitud de súplica, Diana le tenía a tiro y dudó. Él sacó una especie de látigo eléctrico y lo sacudió hacia ella, golpeándola en el abdomen. La vi caer al suelo, retorciéndose de dolor. Apunté a su cabeza, que reventó en mil pedazos, y corrí a socorrer a Diana. Estaba inconsciente. La cogí en brazos para sacarla de allí. Su sangre me caía por el cuerpo. En seguida me ayudaron los marineros a meterla en el coche. Había que llevarla al barco para que la atendiesen. Tres marineros se vinieron con nosotras y fuimos a la playa lo más rápido que pude conducir. Cogimos una de las lanchas y avisamos por radio de que llevábamos una herida.

En seguida la llevaron a la enfermería.

Me quité de en medio para dejar trabajar al médico y los enfermeros. Nunca habían visto una herida como aquella. La limpiaron bien y la cerraron para evitar la infección, Diana seguía inconsciente y yo me moría por dentro al pensar que le pudiese pasar algo. Estuvieron con ella más de dos horas, las más largas de mi vida. Al tiempo salió el doctor.

- ¿Cómo está, doctor? -pregunté en cuanto le vi asomarse.

- Está estable, pero tenemos que esperar. Le hemos hecho una transfusión, ha perdido mucha sangre -dijo con cara de preocupación.

- ¿Pero está consciente? -pregunté angustiada.

- No, aún no -dijo.

- ¿Podría quedarme con ella? -pregunté de nuevo.
- Si, pero debes cambiarte la ropa. Entra en ese cuarto, hay una ducha, ropa limpia y mascarillas. Póntela y entra -me dijo con mirada comprensiva.

Lo hice y pasé a verla. Le habían puesto oxígeno y un gotero con antibiótico. Me senté a su lado y le cogí la mano, entonces ella abrió los ojos.

- No hagas esfuerzos cariño -le dije mientras me incorporaba sobre ella.

Me cogió la mano y mirándome a los ojos me dijo en un tono inaudible:

- Te quiero.

- Y yo, mi amor. Pronto vas a estar bien. Ahora descansa -le dije acariciándole el pelo.

Diana cerró los ojos y yo la dejé descansar.

Mientras el resto volvía victorioso. Hubo varios heridos, pero ninguno de gravedad.

Oí a Marcos fuera de la enfermería, salí a verle y le conté cómo había sucedido todo y cómo estaba ella. Se quedó muy preocupado.

El capitán vino a vernos, nos pidió que nos quedáramos en el barco hasta que Diana estuviese fuera de peligro. En la enfermería había una litera. Estuve allí cinco días y cinco noches, sin separarme de ella ni diez minutos. Toda la familia vino a verla. La primera fue Noe. La pobre se echó a llorar, impactada por la terrible herida.

Poco a poco fue mejorando. Yo aprendí a curarle la herida y a inyectarle los antibióticos y el resto de las medicinas. Al cabo de una semana estuvo lista para volver a la casa, aunque aún le quedaba mucha recuperación por delante. El barco se fue con las cápsulas y algunas otras cosas que habían cogido del campamento para llevarlas al laboratorio y poder conocer mejor a nuestros enemigos.

Prometieron volver en una semana para que el doctor pudiese ver cómo evolucionaba Diana.

La Navidad

Había pasado un mes desde la gran batalla. Diana ya estaba mucho mejor, aunque no la dejábamos hacer casi nada. Ella protestaba, pero lo agradecía.

Cuando me desperté aquella mañana, la encontré mirándome. Me sonrió y me dio un beso.

- ¿Sabes que hace un mes que no hacemos el amor? - dijo y se acurrucó en mi pecho.

- No será por falta de ganas -le dije subiéndola con delicadeza sobre mí.

- A lo mejor ya no te gusto con esta tremenda cicatriz - simuló estar triste mientras lo decía.

La tumbé sobre la cama. Me daba miedo hacerle daño pero la deseaba con todas mis ganas. Comencé a acariciarle con suavidad mientras la besaba. Ella notó que me detenía antes de cruzar la "línea", me cogió la mano y la deslizó por encima, soltándola justo al llegar a la parte más baja de su vientre. Mis labios dejaron por un momento los suyos, resbalando por su cuello y escalando hasta la suave cumbre de su pecho. Mientras, mis manos separaban sus muslos, sin que se resistiera en absoluto, y mis dedos se humedecían de ella. Su respiración se agitaba, sus músculos se tensaban y yo descendía por los valles de su vientre con mi boca deseando beberla. Entonces la sometí a mis deseos. Ante la incontrolable explosión de pasión que le producía el jugueteo de mi lengua al compás de su placer, la llevé al lugar donde se pierden los miedos y se olvidan las penas sin que pudiera evitarlo y. mientras su cuerpo se convulsionaba, un profundo e incontrolable gemido salió de su boca, marcando el fin de aquel concierto. No habían pasado ni dos segundos cuando noté sus manos, sin ningún preámbulo, porque no hacía falta. Sólo con sentirlas mi cuerpo se agitó con violencia llevándome a uno de los orgasmos más rápidos de mi vida: llevaba demasiados días acostándome a su lado sin poder tocarla...

Cuando salimos del dormitorio todos nos miraban con media sonrisa. Marcos miró a su hermana y le dijo:

- Veo que ya estás mucho mejor. ¡Me alegro!

Nos reímos. Estaba claro lo que acababa de pasar, no tenía ningún sentido negarlo.

Después del desayuno nos pusimos todos con nuestras tareas. En cinco días volvía el barco y habíamos prometido llevarles comida, sobre todo hortalizas, frutas, carne y huevos. Eran cosas que no les era fácil conseguir y nosotros teníamos de sobra. Se habían portado muy bien con Diana y queríamos agradecérselo.

Diana se empeñó en ayudarme.

- Si esta mañana no se me han saltado los puntos, no creo que lo hagan por coger cuatro alcachofas -me dijo sonriente.

Era muy cabezota y preferí que viniera conmigo. Al menos así vigilaría que no hiciese demasiado esfuerzo.

Almu, Noe y los niños estaban haciendo magdalenas y rosquillas y también pan.

A estas alturas éramos tan autosuficientes como los amish, pero con muchas menos cortapisas morales. Dios era algo que había quedado fuera de nuestra vida. Solíamos bromear con frases como: "y Dios creo al alienígena". Yo a veces me preguntaba si aquellos seres también creerían en alguna divinidad.

Estaba claro que eran una sociedad avanzada y entre ellos parecían tener vínculos, pero recordaban más a los insectos que a los mamíferos. Mi curiosidad me llevaba a plantearme si sería posible comunicarnos con ellos, llegar a algún tipo de entendimiento. Luego recordaba que nos habían aniquilado y sólo podía pensar en venganza.

Cuando llegó el barco ya teníamos todos los suministros preparados. No podíamos invitar a todos los marineros a comer, pero sí a los oficiales y suboficiales y también al doctor y los enfermeros. En total eran quince. La comida fue muy agradable y con los cafés y las copas aprovechamos para hablar de los temas más importantes.

Nos propusieron dejar un pequeño destacamento de quince marineros y un suboficial cerca de nosotros. Cada quince días cambiaría el equipo. Sería un premio para los chicos y de paso nos podrían echar una mano con los trabajos más pesados y proporcionar apoyo en caso de necesidad. Nosotros les ayudaríamos al principio a familiarizarse con las tareas del campo y les proporcionaríamos lo necesario, hasta que empezasen a producir sus propios alimentos. Nos pareció buena idea, les dijimos que nos encargaríamos de buscarles una casa adecuada y lo básico para empezar. Quedamos en que el primer grupo llegaría en siete días.

El capitán nos contó que fue a ver al general a Zaragoza y que nuestro valor y éxitos había cruzado fronteras, nos llamaban la "guerrilla española". Incluso se habían planteado concedernos cierto rango militar.

Nos habló de los progresos que estaban consiguiendo con los retoños extraterrestres, y con los equipos que habíamos cogido del campamento alienígena.

Además nos trajo algunos regalos: armas, munición y radios para comunicarnos entre nosotros y algunos equipos electrónicos y baterías. Eran cosas que no se encontraban en las tiendas de los alrededores.

Antes de que se fueran subimos con el doctor al dormitorio, para que viese cómo evolucionaba la herida de Diana. Le aconsejó mantener aún cierto reposo, al menos un par de semanas más. Ella se quejó, pero él le hizo prometer que le haría caso. Yo sé que, a ratos, le dolía, pero Diana no era en absoluto autocompasiva y aquella inactividad la traía por la calle de la amargura.

Cuando bajó el doctor se levantaron todos, era la hora de regresar al barco. Les habíamos traído varias cajas de whisky y de ron y también de cava para que los marineros pudiesen celebrar la Navidad, que ya estaba muy cerca.

En la despedida nos dejamos de convencionalismos y nos dimos un abrazo: unos y otros hacía tiempo que nos sentíamos parte del mismo grupo.

No muy lejos de la playa había un pequeño hotel, tenía treinta habitaciones, un comedor con cinco mesas, una sala de estar y contaba con un generador de emergencia. Frente al hotel un campo de media hectárea que podría servir tanto para la huerta como para el ganado. Nos pareció perfecto para el destacamento de marineros. En menos de una semana lo tuvimos listo para su llegada.

Desembarcaron los quince, cuatro mujeres y once hombres. Habíamos decorado las habitaciones, quitándoles ese aspecto impersonal de los hoteles. Les encantó. Estaban muy organizados, así que en seguida se familiarizaron con las tareas del campo.

La comunidad crecía. Era agradable volver a vivir en sociedad. Hacíamos actividades juntos y compartíamos comida y trabajos. El dinero ya no existía, habíamos vuelto al trueque, aunque los intercambios no eran por valor sino por necesidad.

Mientras tanto seguíamos recibiendo información desde el barco. Los pequeños alienígenas habían crecido bastante, su desarrollo era muy superior al nuestro. Demostraban empatía con sus cuidadores y estaban empezando a hablar, aunque les costaba mucho, ya que no tenían dientes y sus fonemas eran más bien guturales. No necesitaban alimento sólido, únicamente agua con sales y sol. Realizaban una especie de fotosíntesis. No tenían intestinos, pero sí algo parecido a un riñón, que filtraba las sales del agua. Por otra parte, ellos no podían contarnos nada de sus congéneres, eran unos bebés cuando los sacamos de la nave, pero sí ayudarnos a entender su fisiología y sus motivaciones.

Quedaban dos días para la Nochebuena y estábamos preparando una gran cena.

Arreglamos una de las casas rurales como centro de reunión, despejamos completamente la planta de abajo y metimos mesas y sillas para los treinta y uno. Hacer comida para tantos era una gran tarea, así que de una manera u otra todos cooperamos.

La fiesta fue muy emotiva. Antes de cenar hicimos un pequeño homenaje a todos nuestros seres queridos y al resto de los seres humanos que habían perdido la vida en la invasión. Fuimos a la playa y echamos al mar una plataforma con flores y velas y escribimos en ella sus nombres. Hicimos una cadena humana y vimos cómo se alejaba. Cuando la perdimos de vista nos abrazamos y lloramos. Era un funeral necesario que ya se había retrasado demasiado tiempo.

Poco a poco fuimos abandonando la playa y dirigiéndonos a la casa para cenar. En cuanto nos sentamos a la mesa y empezó a correr el vino, la alegría volvió a nuestros rostros y a nuestros corazones. Estaba todo buenísimo, los cocineros habían hecho un gran trabajo. Cuando terminamos retiramos las mesas y transformamos el salón en una pista de baile.

Amaya estuvo hablando un buen rato con una de las marineras. La manera en que se miraban y se reían denotaba un cierto tonteo. Se notaba que a la chica le gustaba y ella se dio cuenta. Era la primera vez que la veíamos en esa actitud y parecía bastante cómoda. Estuvimos indagando un poco sobre ella, era una de las más jóvenes del barco, aún no había cumplido los veinte años. De momento todo parecía bastante inocente así que decidimos no entrometernos. No fueron las únicas, allí la mayoría no tenía pareja y la verdad es que éramos muy jóvenes casi todos: las feromonas flotaban en el ambiente.

Ya de madrugada se fue disolviendo la fiesta. Al día siguiente era Navidad y volveríamos a juntarnos, así que a eso de las cuatro decidimos irnos a acostar.

Por la mañana nos levantamos tarde, había que volver a montar las mesas y poner en marcha la comida, pero no teníamos prisa. Sobre las dos vendrían los demás y nos ayudarían a hacerlo, así que desayunamos tranquilamente y charlamos un buen rato.

De pronto Almudena miró a Amaya y le preguntó:

- Amaya, ¿no te gustó ninguno de los marineros? Había algunos muy guapos.

Diana y yo nos miramos, parecía como si Almu hubiese estado en una fiesta distinta. A veces esta mujer no se enteraba de nada...

- Sí -contestó Amaya con rotundidad.

- ¿Sí? ¿Quién? -preguntó de nuevo Almudena

- Venga Almu, déjala, igual no quiere decirlo delante de todos -dijo Diana intentando echarle un capote a Amaya.

- No, sí quiero: me gusta Lara -dijo Amaya mirando a su tía a los ojos.

- ¿Cómo Lara? Pero Lara es una chica... -dijo Almu mientras se empezaba a dar cuenta de lo que pasaba.

La situación se estaba volviendo un poco tensa. A pesar del fin del mundo había quien aún conservaba sus antiguos prejuicios.

- Bueno, dejemos que cada cual elija quién le gusta. ¿Os venís a dar un paseo por la playa? -dijo Marcos zanjando el tema. Nos pareció buena idea, así que nos levantamos todos menos Almudena, que se quedó sentada con el ceño fruncido. Amaya salió la primera por la puerta, huyendo de la actitud reprobatoria de su tía. Noe, que era un encanto de niña, se fue corriendo detrás de ella para interesarse por todos los detalles, pues, aunque a ella le gustaban los chicos, tenía totalmente normalizadas las relaciones entre mujeres por motivos obvios. Nosotras salimos después, las vimos hablar animadas, así que las dejamos tranquilas.

A pesar de la fecha, no hacía demasiado frío. Cuando llegamos a la playa nos encontramos con los marineros que estaban jugando a una versión libre del rugbi y nos unimos al juego. Nos vino bien un poco de deporte para quemar toxinas. Luego nos sentamos un rato en la arena para descansar. Amaya fue hacia donde estaba Lara y cogiéndola de la mano la trajo hasta nosotras.

- Esta es Lara - nos dijo sonriente.

Se sentaron a nuestro lado y estuvimos un buen rato hablando con ellas. La verdad es que nos gustó bastante: por decirlo de alguna manera, le dimos el visto bueno.

La comida de Navidad fue muy relajada, los grupos estaban mucho más mezclados que en la cena. Parecíamos una gran familia.

La unión

Ya habían pasado dos meses desde las Navidades. Había un nuevo relevo en el destacamento de marineros y el teniente Martín aprovechó para hacernos una visita. Traía noticias sobre el avance de la reconquista y quería contárnoslas en persona.

En todo el mundo se estaba luchando contra los alienígenas y consiguiendo grandes victorias. Realmente eran mucho más frágiles de lo que a priori pudo parecer. La única arma efectiva con la que parecían contar era el gas venenoso y necesitaban cierto tiempo para dispersarlo, tiempo que no les dábamos. Nosotros teníamos el problema de estar bastante aislados, en grupos pequeños y con grandes dificultades para compartir la información. Pero poco a poco nos íbamos reuniendo en grupos mayores y sabiendo lo suficiente como para no caer fácilmente en su trampa.

El problema de estas victorias era que los estábamos obligando a moverse. De eso, entre otras cosas, venía a avisarnos, de que debíamos estar más alerta que nunca.

Cuando se fue el teniente, convocamos a todos para contarles las novedades. Nos tomamos muy en serio la advertencia de los posibles movimientos de los alienígenas. A pesar de nuestras victorias éramos muy conscientes del peligro. En la actualidad éramos treinta y uno y podíamos combatir con un grupo de cincuenta o sesenta, pero no mayor. Apostamos cuatro vigías en lugares estratégicos: el faro, la azotea del hotel, el árbol y una pequeña colina que había al otro lado de las casas. Los marineros se ofrecieron a vigilar dos de los puestos y los otros dos los repartimos entre las familias. Durante días todo transcurrió sin novedad, cambiando al vigía cada dos horas. El rato que pasábamos allí lo aprovechábamos para hacer alguna tarea mecánica o leer un libro o, simplemente, contemplar el paisaje. A mí en concreto me dio por escribir. Empecé por tomar pequeñas notas de todo lo que había sucedido para recordarlo con la máxima fiabilidad posible: quizá algún día escribiría un libro contando la increíble aventura que estábamos viviendo.

Desayunábamos cuando recibimos la alerta desde el puesto de la colina: una gran cantidad de naves, entre las que había varias de las grandes, se dirigían hacia allí y en poco tiempo estarían sobre nuestras cabezas. Avisamos rápidamente a todos para que se pusieran a cubierto. Pasaban lentamente, como si estuviesen buscando un lugar donde establecer un nuevo campamento. En nuestra zona era difícil que encontraran una explanada de las dimensiones necesarias, pero en un radio de pocos kilómetros sí había varios sitios que les podían interesar.

Estuvieron más de una hora sobre nosotros. Las naves grandes permanecían inmóviles y las pequeñas daban vueltas en distintas direcciones. Estábamos casi seguros de que se iban a quedar por allí, pero, de pronto, se colocaron todas en formación y salieron disparadas en dirección al mar.

Llamamos al barco. No sabíamos con certeza en qué punto se encontrarían, pero es posible que aquel aluvión de extraterrestres pasara sobre ellos. Estuvimos intentándolo durante al menos media hora, pero no respondieron. Tuvimos que parar, la relativa proximidad de las naves alteraba la transmisión y, aunque hubiesen respondido, no los habríamos entendido.

Nadie lo decía, pero estábamos preocupados: nuestro vínculo con el mundo era aquel barco y la incomunicación nos volvería a aislar de todo y todos. Pensamos que quizá se encontrarían lejos o habrían desembarcado en algún punto de la costa. La mayoría nos adherimos a este pensamiento, ser positivo dolía menos y te mantenía vivo. Vi la cara de Amaya, su preocupación iba un paso por delante de la de los demás. Desde Nochebuena se escribía con Lara, usaban de correo cada relevo del destacamento y, siempre que podía, venía a tierra con cualquier excusa para verse, aunque fueran cinco minutos. Me acerqué a ella y le pasé el brazo por los hombros, se aferró a mí, como una cría de macaco a su madre.

- ¡Tranquila! Seguro que están bien -le dije sonriéndole con ternura.

Noté como se dejaba convencer por mis palabras.

Finalmente recibimos noticias. Un barco portugués les había alertado, tuvieron que apagar máquinas y quedarse en absoluto silencio, fingiendo ir a la deriva. Las naves alienígenas les sobrevolaron un buen rato, buscaban signos de vida. Terminaron por convencerse de que no había ni un alma en el *Reina Sofía* y siguieron su camino.

Respiramos todos aliviados.

Por otra parte, sabíamos que aquella no iba a ser la última vez. La paz relativa en la que habíamos estado viviendo los últimos meses se había acabado. Los alienígenas, acosados por el ejército y las guerrillas, se estaban moviendo, buscando lugares más seguros en los que establecerse.

Lo que parecía claro a esas alturas era que no tenían ninguna intención de abandonar nuestro planeta. Saber por qué era una de las claves que aún nos faltaba para conocerlos mejor. Era posible que su mundo hubiese quedado devastado o fuese inhabitable para ellos, o quizá no disponían de la tecnología para emprender el viaje de vuelta. En cualquier caso, puesto que el entendimiento con ellos parecía imposible, nuestra única opción por el momento era aniquilarlos, tal y como ellos habían hecho con nosotros. Me di cuenta de lo importante que era que siguiésemos buscando supervivientes. Teníamos que agruparnos, Cómo, si no, íbamos a enfrentarnos a los grandes campamentos.

- Creo que deberíamos escribir una carta a los demás grupos para establecer relaciones y alianzas. Tengo la sensación de que las cosas se van a poner complicadas y cuantos más seamos mejor -les dije a Marcos y a Diana.

- Estoy de acuerdo. Deberíamos hablar con el barco para que nos faciliten la comunicación con los demás -dijo Marcos.

- En dos días es el relevo del destacamento. Convoquemos al capitán a una reunión para analizar la situación -les dije.

Necesitábamos saber de cuánta gente estábamos hablando. Sabíamos que habían contactado con más grupos a lo largo de la costa, pero desconocíamos su número y nivel de organización.

Aquella tarde hablamos con el barco y les comentamos nuestras intenciones. Les pareció buena idea y prometieron ayudarnos en lo que pudieran.

Nos reunimos con los montañeros y el resto de nuestra familia y les pusimos al día. Todos éramos conscientes de la gravedad de la situación y ahora, más que nunca, se requería una organización perfecta. No se trataba de trasladar a todo el mundo a la misma zona, más bien de organizarnos para obtener una respuesta rápida cuando y donde fuera necesario. Para eso debíamos hacer llegar las cartas a todos y convocarlos a una reunión lo antes posible.

Llegó el relevo. El capitán y el teniente desembarcaron los primeros. Los acompañaban veinticinco marineros. Habían decidido aumentar el destacamento ante la peligrosa situación. Seguirían rotando quince de ellos cada dos semanas aproximadamente y quedaría siempre un equipo de diez, más encargado de la parte militar que de otra cosa. Por supuesto, Lara se había presentado voluntaria para el servicio, así que Amaya era la más feliz de la familia.

Según nos contaron tenían noticias de más de doscientas personas a lo largo de la costa cantábrica. De ellos, menos de un diez por ciento eran niños y no había nadie mayor de cuarenta y cinco años. Aquello eran buenas noticias, casi todos éramos aptos para el combate. Algunos habían tenido encuentros con los alienígenas, aunque la mayoría se limitaban a trasladarse cuando los tenían demasiado próximos. El capitán nos propuso darles algo de formación e información. Les hablaríamos de nuestra experiencia, de sus puntos débiles y fuertes y de los nuestros. Les dotaríamos de armas y radios y los marineros les enseñarían lo básico sobre comunicaciones y el manejo y mantenimiento de las armas.

Nuestra ayuda fue recibida de buen grado por la mayoría de la gente. Los que tenían manera de trasladarse vinieron a recibir la formación y, en un par de ocasiones, debido a lo numeroso de los grupos, fuimos nosotros los que nos desplazamos.

En dos semanas estaba organizado el frente cantábrico. Hicimos varios simulacros de llamada y el tiempo de respuesta era relativamente bueno. En menos de tres horas conseguíamos reunirnos cerca de ciento cincuenta personas en los lugares acordados.

Hubo varias alertas pero, de momento, los alienígenas elegían abandonar nuestras fronteras por la línea de costa. Pero sabíamos que, antes o después, algún grupo se quedaría y habría que luchar.

Durante los siguientes meses las batallas se sucedieron, si bien nuestras bajas fueron mínimas en comparación con las de ellos. Cada vez necesitábamos ser menos para combatir al mismo número de alienígenas. Su desesperación por huir hacia las naves era su perdición: entrábamos disparando a diestro y siniestro y les cerrábamos el escape con otro grupo que les esperaba a la salida de las estructuras. Cada uno de nosotros era capaz de combatir contra cinco o seis alienígenas e incluso más.

Las batallas sirvieron para unirnos en muchos aspectos. La circulación de personas y mercancías empezó a ser habitual. Uno de los grupos más numerosos estaba cerca de Gijón, aproximadamente en el centro de todas las comunidades. Organizamos allí un mercadillo quincenal en el que intercambiábamos todo tipo de productos y servicios, y no sólo eso, también conocimientos, consultas médicas, dentista, etc. Era algo festivo y muy productivo. Al ser tan pocos en una zona tan grande no había que establecer demasiadas normas, cada uno gestionaba su territorio y respetaba el de los demás.

Nuestras victorias habían corrido de boca en boca y la comunidad casi se había doblado.

Creo que también los alienígenas eran conscientes del peligro de asentarse cerca de nosotros, pues cada vez lo intentaban menos. Pasaban por encima de nuestras cabezas a gran altura, casi ni se veían las naves pequeñas. Ya ni nos escondíamos a su paso.

El encuentro

Nuestra vida había vuelto a ser casi normal. Ya estaba bien entrada la primavera y de nuevo, los días más cálidos, apetecía ir a la playa.

Aquel día era domingo, Diana y yo habíamos preparado un picnic para comer a la orilla del mar y Noe, Clara y Marcos y Amaya y Lara se habían apuntado también. El agua estaba muy fría así que estuvimos bastante rato jugando en la arena hasta que el calor hizo inevitable que quisiésemos darnos un baño.

Estábamos todos en el agua cuando de pronto vimos aparecer una de las naves pequeñas. Dio un par de pasadas sobre nuestras cabezas y finalmente aterrizó al otro lado de la playa, a unos doscientos metros de nosotros.

Salimos rápidamente del agua y fuimos a por las armas que habíamos dejado al lado de la cesta de comida. Se abrió la rampa de la nave y ocho alienígenas descendieron por ella. Los ocho eran anaranjados, iban sin respirador y medían más o menos lo que un humano. Nos miraron, pero estaba claro que no buscaban confrontación. Uno de ellos se separó un poco del grupo y dibujó una línea en el suelo dividiendo la playa en dos. La señaló y con cierta chulería extraterrestre se volvió y caminó hacia sus congéneres sin mirar atrás.

- ¿Habéis visto eso? -dijo Clara con los ojos como platos.

No sabíamos qué pensar. Siempre nos habíamos enfrentado a los rojos y estos eran los primeros naranjas que veíamos que parecían adultos. Eran muy distintos como para ser sus hijos. Estaba por ver si eran una mutación u otra raza; lo que si parecía bastante evidente era que se mostraban mucho más amistosos. Tanto los pequeños que estaban en el centro de investigación como estos mostraban una empatía con los humanos que nunca demostraron los rojos.

Diana tomó la delantera y se acercó un poco a ellos. Marcos saltó como un resorte y la agarró del brazo:

- ¿Qué demonios haces? -le dijo a su hermana mientras tiraba de ella.

- Sólo voy a acercarme un poco a ver cómo reaccionan, ¡déjame! -le dijo molesta.

Marcos la dejó marchar, pero caminó detrás de ella con el dedo en el gatillo por lo que pudiera suceder.

Diana se acercó a la línea que había trazado el alienígena y sin traspasarla le hizo un gesto para que se acercara. Él parecía confuso, pero finalmente se decidió y caminó hasta ella. Se quedaron los dos frente a frente, a un metro de cada lado de la línea, y entonces Diana le habló:

- Soy Diana -le dijo mientras se señalaba con el dedo.

Él la miraba pero no parecía entender lo que le decía.

- Diana -le repitió mientras volvía a señalarse y luego le señalaba a él.

A la tercera el alienígena habló:

- Ungut -dijo imitando el gesto de Diana.

Yo la observaba al lado de Marcos. Nunca dejaba de asombrarme. Si alguien en el planeta iba a ser capaz de comunicarse con los extraterrestres desde luego que tenía que ser ella.

Diana escribió en el suelo su nombre y al lado el de él, al menos la transcripción fonética, y los repitió sílaba a sílaba, mientras los señalaba. El alienígena cada vez se entendía mejor con ella.

Uno de los que estaban cerca de la nave gritó el nombre de él. Daba la sensación de que estaban tan molestos como nosotros ante aquella extraña reunión.

Marcos volvió a reclamar a su hermana.

- Diana, creo que deberías terminar ya este encuentro intergaláctico -le dijo serio. Ella se volvió y le dijo que sí con la cabeza. Miró a Ungut y le dijo adiós mientras hacía el gesto con la mano. El imitó el gesto e intentó decir "Diana".

Volvimos los tres a reunirnos con el resto. Diana cogió la cesta y sacó la comida como si no pasara nada. Era tan convincente que nadie puso pegas y comenzamos a comer como si no hubiera ocho alienígenas al otro lado de la playa.

Yo me preguntaba si realmente estos serían distintos a los otros. No me parecía buena idea empatizar con ellos. Es verdad que podía ser el inicio de una vía diplomática para resolver la situación, pero,,, ¿hasta que punto estábamos dispuestos a negociar con los genocidas?

Mientras comíamos los alienígenas disfrutaban de la playa. Se mojaban los pies y jugaban con el agua, parecían un grupo de adolescentes. De pronto Ungut entró en la nave y al poco salió con un extraño objeto en sus manos. Se dirigió a la línea y sin cruzarla gritó "Diana".

Diana se levantó y fue hacia él. Marcos y yo salimos tras de ella. Ungut extendió su mano ofreciéndole el objeto, que tenía una forma ovoide, y señalando la enorme cicatriz le hizo señas para que lo pasara por ella. Diana cogió el objeto y lo pasó lentamente por la cicatriz, que desaparecía a su paso dejando la piel suave y tersa, como si allí nunca hubiese habido marca alguna. Diana le miró sonriendo y le dijo:

-Gracias.

Él abrió mucho los ojos y curvo la boca, el gesto recordaba lejanamente a una sonrisa. Diana hizo el ademán de devolvérselo, pero él dio un paso atrás y después, sin más, se marchó.

Estuvieron allí otra media hora, tras lo cual se subieron los ocho a la nave y se fueron de nuestra playa.

Ya en casa subí con Diana al dormitorio. Cuando estábamos solas la cogí por la cintura y la besé.

- Eres increíble -le dije mirándola a los ojos. Diana se rio. Cogió mi mano y la llevó a donde hace unas horas estaba la gigantesca cicatriz. Comprobé, al más puro estilo de Santo Tomás, que no quedaba rastro de ella.

Sacó el huevo que le había dado el alienígena; no sabría decir de qué material estaba hecho. Cuando lo tocabas no permanecía frio e indiferente, como un pedazo de metal, sino que transmitía una agradable sensación, un cierto calor.

Eran evidentes sus propiedades sanadoras, pero desconocíamos cuanto duraba el efecto y si podía curar cualquier cosa o no.

- ¿Cómo se te ocurrió acercarte a él? -le pregunté intrigada.

- No sé. Me pareció inofensivo -dijo sin más.

- La verdad es que parecen muy distintos a los rojos. Lo que no acabo de entender es por qué han empezado a aparecer hace poco y no desde el principio -le dije con gesto de confusión.

- Yo no sé si son buenos, pero la otra alternativa es aniquilarlos a todos y eso ¿en qué nos convierte a nosotros? - me preguntó mirándome fijamente.

Me quedé pensativa: no le faltaba razón. A pesar de que llevábamos ya mucho tiempo en pie de guerra, había una parte de mí que seguía siendo aquella Nuria que no creía en la violencia como solución. La Nuria salvadora y empática, la que buscaba algo bueno hasta en la peor de las circunstancias.

Nos cambiamos y bajamos al salón. Toda la familia nos esperaba para ver el huevo mágico y escuchar la historia de Diana. A pesar de las brutales batallas a las que estábamos acostumbrados, en el fondo todos deseábamos oír alguna historia con final feliz y esta era la primera que se nos presentaba desde hacía mucho tiempo. Mientras Diana hablaba, Marcos mantenía el ceño fruncido. No le faltaban razones. Él no se fiaba de aquellos seres, ni siquiera de la curación milagrosa de su hermana. Cuando ella terminó de hablar dijo:

- Deberíamos entregar el huevo al capitán, para que lo lleven al centro de investigación.

- ¡Vale Marcos! Ya me ha quedado claro que no te ha gustado mi actuación -dijo Diana, un poco harta de la reprobación de su hermano.

Marcos la miró pero no dijo nada: sabía que no debía forzar mucho más las cosas con ella.

Yo entendía la posición de Diana. No es que no quisiera entregar el objeto, es que pensaba que en el centro de investigación sería menos útil que en sus manos. Si era cierto que tenía ese efecto curativo podría ayudar a mucha gente.

Pero realmente no sabíamos si podía ser peligroso o si disponía de alguna baliza de localización o algún transmisor. No teníamos ningún motivo para confiar en las buenas intenciones del alienígena. Es verdad que de haber sido un ser humano su actitud nos habría inspirado confianza, pero cómo podíamos saber cuánto había de bondad y cuánto de manipulación y mentiras en aquellos seres…

La cogí de la mano y la saqué de la casa, me daba mucha pena ver aquella tensión entre mis gemelos favoritos.

- Diana, entiéndele. Sólo está preocupado por ti -le dije cuando ya no nos oían.

- Lo sé, pero Marcos a veces es demasiado práctico y no todo en la vida es blanco o negro -me dijo con una expresión seria muy poco habitual en ella.

Los días pasaban y no desaparecía del todo la tensión entre los hermanos. En tres días volvería el barco y los dos sabían que debían informar de lo que había sucedido. Tanto si los nuevos alienígenas eran buenos como si eran malos, la realidad es que su llegada a nuestro planeta había costado un alto precio a la humanidad. Era ingenuo pensar que el entendimiento iba a ser fácil.

Diana bajaba todos los días a la playa, esperando que Ungut volviera. Se comportaba de manera extraña. Reconozco que de alguna manera me sentía celosa. Él protagonizaba el cincuenta por ciento de nuestras conversaciones. En un momento llegué a plantearme si el objeto estaba ejerciendo algún tipo de influencia sobre ella.

Era miércoles, había amanecido cubierto y soplaba un tremendo viento. Desde muy lejos se oían las olas rompiendo contra las rocas. Miré al cielo vi que las nubes estaban cambiando de color, se estaban volviendo rojizas como aquel fatídico día en el que se desmoronó el mundo. Marcos estaba hablando por radio con el barco, parecía preocupado.

- ¡Nuria! -me llamó haciéndome gestos de que me diera prisa.

Fui corriendo hasta él.

- ¿Qué sucede? -le pregunté consciente de que algo grave ocurría.

- He hablado con el barco, los alienígenas están atacando a los supervivientes. Buscan la aniquilación total. Tenemos que irnos de aquí -me dijo mientras llamaba por radio al resto de los grupos para avisarles del inminente ataque.

Los refugios que habíamos construido cerca de la casa podían servir para escondernos un par de días, pero no estaban pensados para algo tan brutal como lo que se nos venía encima. El grupo había aumentado mucho, estaríamos hacinados y al salir, rodeados por los alienígenas, tendríamos muy pocas posibilidades de victoria. Era mucho más seguro huir hacia las montañas y refugiarnos en grupos pequeños. Ante la posibilidad de que algo así sucediera, habíamos preparado varias cabañas con suficientes cosas para sobrevivir y, si era necesario, volver a empezar de cero. Empezamos a movilizar a todos. Teníamos que darnos prisa, apenas contábamos con un par de horas para salir de allí. Es increíble lo rápido que pasa el tiempo cuando el peligro acecha.

Yo iba de aquí para allá preparando todo lo necesario, casi no tenía tiempo para pensar. Entonces me di cuenta de que Diana no estaba en la casa, de hecho no la había visto en toda la mañana.

- ¿Alguien sabe dónde está Diana? -pregunté en voz alta.

Nadie la había visto. Me entró una angustia tremenda, tenía que encontrarla; en menos de media hora tendríamos que irnos si no queríamos morir. Subí al dormitorio, vi que el objeto estaba sobre la cama y lo cogí. Al bajar me crucé con Marcos.

- Marcos, no encuentro a Diana -le dije agarrándole de la mano.

- Yo también la estoy buscando -me dijo con cara de preocupación.

- Voy a coger la moto y voy a buscarla, no me esperéis. En cuanto estéis listos marchaos a las montañas -le dije.

- Pero…no podemos dejaros aquí -dijo Marcos consciente de que yo no me iría sin ella.

- Tengo que hacerlo y tú debes cuidar de la familia -nos miramos y nos dimos un breve pero intenso abrazo y, sin decir nada más, salí corriendo de la casa para buscarla.

El cielo estaba ya completamente rojo, tenía muy poco tiempo. Aunque estaba casi segura de que estaría en la playa, di una pequeña vuelta con la moto alrededor de la casa. Al salir vi a todos montándose en los coches, me acerqué a Noe y le di un beso. Le susurré al oído que la quería y que en cuanto encontrase a Diana nos reuniríamos con ella.

Aceleré al máximo la moto, llegué a la playa en tiempo récord, me asomé al lugar donde habíamos visto a Ungut: Diana no estaba allí. Seguí recorriendo el litoral, llegué al faro, aproveché la elevación para otear los alrededores con los prismáticos. Volví a mirar al cielo, era cuestión de minutos. La moto de Diana estaba aparcada a quinientos metros, pero no había rastro de ella. Me acerqué a toda velocidad y entonces la vi, había descendido por una pared rocosa que daba a una pequeña cala, prácticamente inaccesible. Me di cuenta de que me sería imposible bajar hasta ella antes de que los alienígenas descargaran sobre nosotros el gas mortal. Mientras le gritaba con desesperación, una nave de las pequeñas aterrizó a su lado, se abrió la pasarela y Ungut salió de ella y caminó hasta Diana, le agarró la mano y la llevó hacia la nave. Yo seguía gritando y moviendo los brazos, ya pensaba que no me iba a ver cuando giró la cabeza. Al verme intentó zafarse de Ungut, pero él tiró de ella y la metió en la nave. En menos de diez segundos habían despegado. La nave se alejó hasta desaparecer, llevándose en ella la mitad de mi alma.

Me quedé un instante parada, sin poder evitar que las lágrimas me nublasen la vista, pero el instinto de supervivencia es más fuerte que el dolor, cogí la moto y salí de allí como alma que lleva el diablo. Ya me era imposible

Raza Humana: El legado de Ungut © María Las Heras, [2019]

huir hacia las cabañas, así que hui hacia el otro lado intentando salir de la influencia de la nube tóxica. Miré por el retrovisor: tras de mí los alienígenas habían comenzado su lluvia mortal. El viento, que era casi huracanado, me favorecía empujando el gas en sentido opuesto a mi marcha. Subí una colina desde la que podía ver las naves No podría decir cuántas había, cientos probablemente, no se veía el final…

Subí lo más que pude, hasta una vieja construcción de piedra algo desvencijada, rodeada de árboles centenarios. Miré con los prismáticos: la imagen era desoladora, aquellos a los que no les había dado tiempo a esconderse yacían muertos a pocos metros de los vehículos que habían abandonado, buscando desesperadamente una bocanada de aire respirable.

Pensé en mi gente. No sabía si habrían logrado llegar a las montañas. Y en Diana, capturada por los alienígenas. Quizá estuvieran todos muertos. Me invadió una terrible sensación de soledad.

Me bajé de la moto y corrí hacia la casa, el viento era fortísimo, me costaba avanzar. Miré a la costa: una docena de mangas se iniciaban en el mar y avanzaban hacia el interior y una de ellas, que venía directa a mí, iba cogiendo fuerza según tocaba tierra. No había escapatoria, el tornado arrasaba todo a su paso, levantaba estructuras y vehículos como si fuesen pedazos de papel. Nunca había visto nada igual, al menos no en España.

Me di cuenta de que el viento estaba tumbando los árboles, las puertas golpeaban libres de cerraduras y candados y yo, sola en aquel infierno, apoyada en los recios muros de piedra, no buscaba refugio ni protección, sólo era una mera observadora viendo al mundo desmoronarse sin que ya me importara nada.

Alguna vez había imaginado mi muerte, no así, no sola, no inevitable.

El miedo intentaba entrar, pero ¿qué sentido tenía? De sobra sabía lo que iba a suceder, el maldito lobo soplaría con tanta fuerza esta vez que los tres cerditos reventarían contra el acantilado y no dejarían para él ni los huesos.

Pensar en cómo había ido a parar allí era una de las pocas cosas que podía hacer mientras esperaba a que todo se derrumbara a mi alrededor.

El caos

Cuando me desperté estaba amaneciendo. Me di cuenta de que no podía moverme Estaba atrapada entre tablones y vigas de madera. Uno de ellos me había golpeado la cabeza dejándome inconsciente durante horas. Como pude saqué un brazo intentando apartar los maderos que me atenazaban, recorrí mentalmente mi cuerpo: me dolía casi en todas partes. Eso era buena señal: si lo sentía es que seguía ahí.

La puerta de la casa había sido una de las primeras cosas en caerme encima y gracias a ella estaba viva: de alguna manera me había protegido de la lluvia de vigas, tejas y bloques de piedra que se habían derrumbado a mi alrededor. Otra cosa es que ahora fuera capaz de salir de allí.

Decidí no perder la calma. Cerca de mí encontré un hierro largo de los que se usan para las chimeneas y estiré el brazo para cogerlo. Podía utilizarlo de palanca.

Poco a poco fui librándome de mi cárcel de madera y piedra. No se podía decir que mi estado fuera bueno, tan sólo que estaba viva.

La puerta al caer me había roto varias costillas y esto hacía que al respirar me doliera el alma. Tenía un tremendo golpe en la cabeza; notaba la sangre seca que, en algún momento, había fluido abundante sobre mi rostro. Sentía las contusiones por todo el cuerpo, pero lo peor estaba en la pierna derecha: un trozo de pizarra me había golpeado el cuádriceps, produciendo un profundo corte que me dejaba completamente coja.

Me levanté como pude. La idea de salir de allí en esas condiciones era implanteable. Por otro lado tampoco me podía quedar, no tenía agua ni comida. Me senté sobre una roca para pensar qué podía hacer. De pronto recordé que llevaba el objeto en el bolsillo, nada más cogerlo con la mano noté cómo aumentaba su temperatura. No iba a encontrar hospitales ni médicos, ni nadie que pudiera ayudarme en muchos kilómetros a la redonda, así que aquel remedio alienígena se había convertido en mi única opción. Pensé en Diana, ella confiaba en Ungut y yo confiaba en ella y, sin darle más vueltas, puse el ovoide sobre la herida de la pierna. La sensación era extrañísima, como si tomara consciencia de cada una de las fibras que se iban reconstruyendo, de cómo se volvían a comunicar los vasos seccionados y la sangre volvía a fluir por ellos. El proceso no fue tan rápido como el que borró la cicatriz de Diana, pero sí igual de efectivo.

Repetí la operación con todos y cada uno de los golpes y magulladuras de mi maltrecho cuerpo. Cuando terminé me sentía como quien sale del balneario, renovada e invencible.

Lo primero era echar un vistazo fuera. No tenía ninguna esperanza de que el panorama fuera halagüeño, los cientos de naves que habían inundado el cielo debían estar en alguna parte, y nada invitaba a pensar que fuera lejos de allí.

Al asomarme recordé mis sensaciones del primer día en aquella roca de la sierra de Madrid, desde la que se veían las naves que habían exterminado a todos aquellos a los que conocía y quería. Pero hoy estaba sola, tristemente sola.

Las nubes rojas se iban diluyendo y dejaban ver un interminable mar de naves, que seguía hasta más allá de donde alcanzaba la vista. De día era imposible pasar bajo ellas sin ser vista y, si lo que quería era ir hacia las montañas para buscar al resto de la familia, debía antes pasar por la casa, alimentarme y beber, además de coger armas y algunas otras cosas que podía necesitar para sobrevivir en caso de no encontrarlos, o de darme de bruces con algún grupo de alienígenas.

Por otro lado no quería alejarme demasiado de allí. Diana, el amor de mi vida, la única persona sin la que todo perdía sentido, podía volver en cualquier momento y, si lo hacía, me buscaría en la casa. Sólo había para mí algo peor que pensar que estaba muerta y era pensar que estaba viva pero que no la volvería a ver.

Aún quedaban muchas horas para que anocheciera No podía hacer mucho más que esperar. La moto parecía estar en buen estado, pero no podría comprobarlo hasta que se pusiera el sol.

Como no tenía mucho más que hacer, saqué la libreta y me puse a escribir la historia de todo lo que había pasado. Me pareció un buen comienzo empezar por aquel día en el que me había sentido tan sola en el mundo, refugiada en aquellos muros sin saber si sería el fin y sin que me importase que lo fuera.

El hambre y sobre todo la sed empezaban a ser muy intensas. Vi que el sol estaba bastante bajo y me dio ánimos. En menos de una hora podría bajar a la casa para alimentarme y descansar.

La oscuridad ya era total. Arranqué la moto y me dispuse a desandar lo andado. Me asomé a la cala en la que había visto por última vez a Diana y me quedé unos instantes escuchando las olas romper contra las rocas. Era obvio que no la iba a encontrar allí, aun así la busqué.

En todo el camino hacia la casa no encontré ningún asentamiento alienígena. Ellos no solían levantar los campamentos allí donde dejaban un rastro de cadáveres. Era lógico.

Entré en la casa. Me di cuenta de que Marcos había tenido la precaución de proteger todos los equipos electrónicos construyendo una especie de jaula de Faraday. Eso me daba alguna posibilidad de volver a contactar por radio con el barco y con los otros supervivientes, siempre y cuando ellos hubiesen hecho lo mismo. Pero lo primero era saciar mis necesidades más primarias.

Fui a la cocina y bebí agua; después me preparé algo de comer. Me sentía muy extraña, sola en aquella casa donde antes era un lujo conseguir silencio y ahora habría pagado por alguien con quien hablar.

Después de cenar subí al dormitorio: todo olía a ella. Cogí una camiseta suya y bajé las escaleras, dispuesta a emborracharme a su salud y a contarle al mundo mi historia, nuestra historia.

Cuando amaneció yo seguía bebiendo y escribiendo. Y aquello, que terminaría siendo un libro, avanzaba página a página, capítulo a capítulo. Si dejaba de escribir me invadía la soledad y las ganas de llorar, así que no paraba más que para servirme otro trago, hasta que terminé con la botella. Al final me quedé dormida sobre los papeles.

Desperté a eso de las cinco de la tarde. No había tenido ninguna precaución y si los alienígenas hubiesen entrado en la casa hubiera sido presa fácil... pero no lo hicieron.

Subí para darme una ducha. Milagrosamente no tenía resaca ni me sentía cansada; mi cuerpo estaba como si hubiese dormido en un cómodo colchón. Otra cosa eran mi mente y mi corazón. Mientras el agua caía por mi cuerpo se me agolpaban los recuerdos. Echaba de menos a mi familia y sobre todo a Diana. Quería pensar que estaba viva, que aquel alienígena en el que había confiado era bueno y que sólo se la había llevado para salvarla de la matanza, aunque algo dentro de mí me impedía confiar en él, sin poder evitarlo.

Decidí que me quedaría allí al menos cinco días. Cada noche salía a dar una vuelta, buscaba supervivientes por la zona y dejaba mensajes en los sitios a los que sabía que podía volver la gente. Controlaba a los alienígenas. De momento seguían sin levantar ningún campamento cerca de allí. Las naves exterminadoras poco a poco se fueron marchando, apenas quedaban unas decenas que, por otro lado, seguían siendo muchísimas. Escribí en la carretera mensajes para que Diana los pudiese ver desde el aire y supiese que estaba viva y que la esperaba.

Llevaba más de una semana esperando a que apareciera algún ser humano y la soledad ya empezaba a pesar. En todo ese tiempo tampoco había conseguido comunicarme con el barco. Era posible que se hubiesen alejado de la costa ante el aluvión de naves y la distancia impidiese la comunicación.

Si Diana hubiese estado viva, seguramente ya habría vuelto a buscarme; así que empecé a hacerme a la idea de que era posible que no la volviera a ver más. Lo único que podía hacer, aparte de quedarme allí esperando, era ir a buscar al resto de la familia. Decidí que prepararía todo para salir a buscarlos la próxima noche. No tenía muy claro a dónde habrían ido, pero sí en qué dirección, ya que habíamos hablado en múltiples ocasiones de los posibles refugios en caso de tener que huir. Viajar sola y por la noche dificultaba bastante las cosas, pero no había otra solución. La moto tenía muchas ventajas a la hora de meterme por caminos inaccesibles para los coches o huir precipitadamente, pero para transportar cosas o dormir a la intemperie no era la mejor elección. Además, no sabía cuántos kilómetros tendría que recorrer: era posible que hubieran tenido que alejarse más de lo planeado. Yo no podía saber con certeza cuántas naves habían intervenido en el ataque, ni la extensión que habían ocupado, aunque, por lo que había visto desde la colina, habían sido demasiadas como para ser optimista al respecto. Por todo esto decidí coger un coche para aquel viaje. Lo situé en la parte de atrás de la casa para poder ir cargándolo durante el día. Allí los árboles eran bastante tupidos y desde el aire era prácticamente imposible ver nada. No obstante, intenté hacer el menor ruido posible. Cuando terminé de llevar todo al coche apenas quedaba una hora de luz. Me sentía un poco cansada como para irme sin dormir, así que decidí posponerlo para la siguiente noche. En el fondo sabía que sólo era una excusa para darle un día más a Diana, pero fue fácil convencerme a mí misma de que era lo mejor.

Subí al dormitorio. No había dormido en nuestra cama ni una sola noche, olía demasiado a ella, pero esa noche quería hacerlo, quería abrazarme a la almohada y soñar que estábamos juntas. Me desnudé y me metí en la cama, recordé tantas noches de amor, su delicadeza y su pasión... ¡la echaba tanto de menos! Cerré los ojos y apareció en mi mente: la imagen era tan viva que parecía real, me coloqué frente a ella y le dije: "te quiero", ella me miró y también me habló, pero no fue "yo también" lo que salió de sus labios, acerque mi oído a su boca para entender lo que decía y ella lo repitió: "estás en peligro, ¡sal de la casa!". Abrí los ojos, miré a la mesilla, el objeto emitía una extraña luz, yo no estaba dormida y aquello no había sido un sueño. Me vestí rápidamente. Algo me decía que ese mensaje no era sólo fruto de mi imaginación.

En un par de minutos estaba en el coche e iba a arrancar cuando oí algo fuera, saqué la llave del contacto y salí cerrando la puerta con cuidado de no hacer ruido. Me escondí tras un tupido arbusto y entonces los vi: eran al menos diez alienígenas de los anaranjados. Algunos habían entrado en la casa y otros estaban inspeccionando el exterior. Uno de ellos miró el coche: yo había metido todas las cosas en el maletero, así que, aparentemente, no era distinto a cualquiera de los muchos, que se podían encontrar abandonados por todas partes. Hizo un amago de explorar los alrededores, pero finalmente decidió volver con los demás.

Estuvieron por allí varias horas, registraron la casa de arriba abajo. Cuando se fueron comprobé que no se habían llevado nada; sin embargo, habían abierto todas las puertas y trampillas de la casa, incluidos los armarios. Parecía evidente que lo que buscaban era personas, no cosas.

Con aquellos seres vagando por los alrededores, no era viable salir aquella noche. Por otra parte, era improbable que volvieran por allí, una vez registrado a fondo ¿qué sentido tenía? Por si acaso cerré por dentro todas las puertas de la casa y cargué las armas.

Me senté en el salón, sin encender las luces. Esa noche había luna llena y pronto me acostumbré a esa luminosa oscuridad. Saqué del bolsillo el objeto, había recuperado su estado normal. Me quedé pensativa. Todo había sido tan extraño... yo no creía en premoniciones ni en visiones, pero era demasiada casualidad como para no ser cierto. Estaba segura de que el objeto tenía algo que ver con aquello, quizá era algún tipo de comunicador; era posible que, al utilizarlo para sanar mis heridas, me hubiese conectado a una especie de red telepática. Intenté volver a hacerlo, conectar con ella, hablarle, pero no funcionó. Al final me quedé dormida en el sillón.

Raza Humana: El legado de Ungut © María Las Heras, [2019]

La esperanza

Al despertarme por la mañana mis planes habían cambiado: ya no quería irme de allí a buscar al resto de la familia, quería recuperar a Diana. Si podía establecer comunicación con los alienígenas naranjas quizá podría averiguar algo. Era peligroso y no sabía ni por dónde empezar, pero ¿qué no lo era? Al menos esto me llevaría hasta ella.

Para comunicarme con ellos primero debía observarlos, entenderlos. Eso implicaba salir durante el día. Por la cantidad que vinieron a la casa, al menos debía de haber dos naves en algún sitio cerca; si se hubiesen ido habría oído el ruido de los motores y no lo oí.

Me di una ducha y me vestí con ropa cómoda y poco llamativa, dispuesta a un largo día de observación. En una mochila metí agua, algo de comer y los prismáticos. Cogí una de las pistolas que nos habíamos llevado del cuartel de la guardia civil y varios cargadores: pesaba menos que un rifle y podía llevarla a la cintura sin que limitase mis movimientos. Ensillé un caballo y lo dejé a la entrada de la finca pues en caso de tener que huir era la solución más silenciosa.

Imagine que, como en otras ocasiones, habrían aterrizado en la playa. No me equivocaba. Descendí por las rocas; allí podía esconderme hasta que subiera la marea.

En la playa no había dos, sino tres naves de las pequeñas y, como siempre, ocho alienígenas por cada una. No había ninguno de los rojos y al menos la mitad de ellos parecían adultos. Después de observarlos un buen rato me di cuenta de algo obvio: ninguno sabía nadar. Jugaban en la orilla, se mojaban el cuerpo con las manos, pero no se metían en el agua. En cuanto les llegaba a la altura de las rodillas huían despavoridos. Su cuerpo anatómicamente se parecía bastante al nuestro, por lo que, en principio, no había ningún motivo por el que no pudiesen aprender.

Por otra parte, a los adultos se los diferenciaba perfectamente en dos géneros, no tanto a los niños. Su comportamiento social era muy parecido al nuestro, había claras diferencias de carácter entre ellos. Me fijé en una hembra que pasaba mucho más tiempo sola que los demás, recorría la playa de arriba abajo y constantemente recogía del suelo lo que el mar le traía, observándolo con curiosidad. Era bastante pacífica en la relación con sus semejantes. En ese momento tuve claro que ella era mi objetivo.

Antes de que subiera la marea me deslicé entre las rocas y volví a casa sin ser vista. Mientras cenaba empecé a pensar en cómo despertar su interés sin que, al menos al principio, se percatara de mi presencia. Las cosas que observaba eran los objetos, naturales o no, que traía el mar: probablemente si dejaba algo curioso delante de ella llamaría su atención.

La mochila del segundo día era mayor. Metí en ella cosas sin saber muy bien si acertaría, pero quería tantear, conocerla un poco más.

Esa mañana bajé bastante temprano, estaba amaneciendo. Los alienígenas estaban aún dentro de la nave que, por lo que parecía, era su dormitorio. El primer objeto que coloqué era un libro infantil, de esos que se pueden meter en la bañera. Tenía seis páginas, cada una con un dibujo: sol, luna, mar, concha, niño y pez. Cuando lo apretabas decía el nombre del dibujo que mirabas. Lo abrí por la concha y puse una encima. Lo dejé al final de la playa, a unos diez metros de las rocas.

Yo llevaba un cuaderno en el que iba apuntando cada cosa que me llamaba la atención. Los alienígenas fueron poco a poco saliendo de la nave y su comportamiento fue similar al del día anterior. Decidí llamar Petra a mi alienígena favorita, parafraseando a Jesucristo: *"Ego in hanc petram ædificabo Ecclesiam meam*"* *("sobre esta piedra edificaré mi iglesia").

Petra estuvo un rato con los demás y pronto comenzó con sus paseos de reconocimiento: la marea había traído bastantes cosas esa mañana; me pareció bien, así mi libro infantil pasaría desapercibido como un objeto más depositado en la orilla por el más puro azar de corrientes y vientos. El resto de los objetos eran en su mayoría trozos de plástico y madera procedentes del desgaste y la falta de mantenimiento de barcos y chiringuitos.

Enseguida se fijó en el libro, tenía colores llamativos y un aspecto reluciente en comparación con el resto. Lo cogió por un extremo y el libro dijo: "sol", con una voz robótica de género indefinido. Ella lo soltó asustada, pero su curiosidad era mayor que su miedo. Lo volvió a coger con mucho más cuidado y el libro permaneció en silencio. Miró los dibujos; claramente reconocía lo que representaban. Entonces se fijó en la concha que yo había dejado al lado y la comparó con la del libro. Noté en ella cierta ansiedad por no saber cómo volver a conseguir que hablase. Estuvo un rato dándole vueltas hasta que descubrió el funcionamiento. Finalmente se aburrió y siguió buscando otros objetos por la playa.

A mitad de jornada se metieron todos en la nave No tenía muy claro a qué, quizá a alimentarse o a descansar; me reí pensando que hasta los alienígenas adoptaban nuestra siesta. Yo aproveché para dejar en el mismo sitio el siguiente objeto: se trataba de un libro divulgativo sobre la

Raza Humana: El legado de Ungut © María Las Heras, [2019]

fauna marina, abierto por el capítulo de los bivalvos, y dejé la concha sobre una foto a todo color de una almeja.

Al cabo de poco menos de una hora todos volvieron a salir. Petra estuvo un rato con los demás y, cuando ya pensaba que no lo iba a hacer, comenzó su paseo. Se fijó desde bastante lejos en que había algo nuevo en el mismo sitio y anduvo directa hacia el objeto. Al verlo se mostró sorprendida, claramente le chocó la semejanza, miro al rededor, como el que sospecha que aquello no está allí por casualidad. Retiró la concha y cogiendo con cuidado la página marcada la pulsó, esperando obtener algún sonido. Pronto se dio cuenta de que aquel libro era distinto, lo ojeó con interés, lo dejó abierto y buscó por la playa otras conchas, comparándolas con las que aparecían en las ilustraciones. Cuando se fue se lo llevó a la nave.

Durante los siguientes días yo seguí llevándole objetos. Cada vez tardaba menos en ir, se notaba que estaba deseando encontrar los regalos que yo le dejaba. Claramente había conseguido captar su atención. Entonces decidí no dejarle nada aquel día. Ella miró por los alrededores, por si hubiese cambiado el lugar de depósito. Finalmente se fue un poco defraudada.

Todas las cosas que le había llevado eran objetos que representaban, de una manera u otra, animales y plantas que podía reconocer en aquel entorno. Había llegado el momento de acercarla al ser humano. Yo dibujaba razonablemente bien, así que decidí echarle un órdago. Hice un cómic de cuatro viñetas, cada una en una página. En la primera se me veía dejando los objetos en la playa, en la segunda estaba ella recogiéndolos, en la tercera ella depositando en el mismo lugar un ovoide como el que Ungut le había dado a Diana y, en la cuarta, yo recogiéndolo.

Metí los dibujos en una funda de plástico y los dejé en el sitio de siempre. Sobre la funda puse una rosa que corté unos minutos antes de nuestro jardín y que desprendía una dulce fragancia.

Me senté a esperar su llegada mientras contemplaba el amanecer. Era un momento poético y frágil, me sentía inspirada, pero sabía que todo aquello podía romperse si Petra no entendía mi mensaje amistoso. Quizá lo interpretase como la muerte de una flor, o buscase una relación inexistente entre mi relato y la flora del planeta. Vi que salían de la nave, ella miró directamente al lugar de las ofrendas. Al comprobar que había algo abandonó rápidamente el grupo y se dirigió hacia allí. Al llegar se sentó en el suelo. Estaba claro que el hecho de no encontrar nada el día anterior le había dado más valor a lo encontrado hoy. Cogió la rosa, la miró, tocó los pétalos y las espinas, pero lo hizo con tanta delicadeza que ni siquiera se pinchó. Me llamó la atención que no hizo algo que para los humanos era casi imprescindible: olerla. Abrió un agujero en la arena y la plantó. De algo habían servido los libros de botánica que le había llevado.

Después cogió la funda con las viñetas. Observó la primera sin sacarla de ella; estaba claro que reconocía el escenario. Miro hacia los lados y al dibujo. Manipuló la funda hasta descubrir las otras viñetas, las sacó y las observó una a una y, al reconocerse, vi en su cara que estaba empezando a entender lo que allí pasaba. Se levantó con los papeles en la mano y miró hacia las rocas, me oculté lo más que pude porque dudaba de que aún estuviese preparada para verme, aunque su actitud era bastante pacífica La proximidad de los otros alienígenas podía complicar las cosas.

Al día siguiente volví con las manos vacías. Ella fue al lugar, pero esta vez no se fue, se sentó mirando hacia las rocas: estaba claro que sabía que la contemplaba. Esperó hasta que los demás se metieron en la nave y, cuando sólo quedaba ella en la playa, abrió sus manos y dejó en el suelo un objeto como el que Ungut le había dado a Diana. Se levantó y se fue hacia la nave sin mirar atrás. Antes incluso de que se hubiese ido salí de detrás de las rocas y lo cogí.

Ya en casa saqué el objeto del bolsillo: era parecido al otro, aunque no exactamente igual. Lo que me pareció evidente era que el momento de vernos había llegado. Decidí dibujarle un plano y en él señalé una pequeña arboleda cercana a la playa donde yo no estaba tan expuesta y a ella le resultaría fácil llegar. Sentía cierta emoción ante nuestro encuentro. En aquel momento entendí a Diana, la había juzgado tantas veces por buscar a Ungut y ahora yo sentía lo mismo: esperanza.

Aquella noche dormí profundamente y lo hice en nuestra cama, pensando en ella, con la certeza de que estábamos mucho más cerca que nunca, a pesar de llevar quince días sin vernos y no saber siquiera dónde estaba. A veces no entender separa mucho más que la distancia. Me acerqué a la playa y dejé el plano que señalaba el lugar del encuentro. No me quedé a ver cómo lo recogía, sino que me fui a esperarla allí. Me dirigí al paraje arbolado, que estaba apenas a cinco minutos de la playa; en el centro había una roca, me senté en ella y esperé.

No le costó interpretar mi dibujo, llegó incluso antes de lo que yo pensaba. Se acercó a mí con paso firme, no parecía asustada ni sorprendida. Al verla me levanté. Nos quedamos unos segundos mirándonos, no sabíamos como saludarnos, no parecía lógico darle dos besos a una alienígena. Recordé el contacto de Diana con Ungut e hice lo mismo. Me señalé con el dedo y dije mi nombre. Petra me imitó, se señaló con el dedo y dijo mi nombre, o algo parecido. Le cogí lentamente la mano para corregirla, puse su dedo en mi pecho y dije de nuevo mi nombre, entonces dirigí su mano hacia ella con cara de interrogación. Me entendió. "Nan", dijo apoyando la mano en sí misma, yo la señalé y repetí el nombre, ella sonrió.

Saqué el objeto que me había dado en la playa y se lo devolví. Ella me miraba intrigada. Entonces saqué el otro y se lo enseñé. Había preparado unos dibujos para ilustrar lo que había pasado. Cómo Ungut y Diana se habían conocido, el momento en el que él le había regalado el objeto y Diana lo había usado para borrar su cicatriz y también cómo él se la había llevado instantes antes del ataque. Le mostré cómo yo lo había utilizado para curar mis heridas y, por último, el momento en que se iluminó y recibí el mensaje de peligro de Diana.

Nan empezó a hablar. Evidentemente no entendí nada. Entonces ella cogió la mano en la que sostenía el objeto que quedó entre nuestras manos, como una perla dentro de una ostra y cerró los ojos. Hice lo mismo. En mi mente surgió, tan clara como aquel día la imagen de Diana, Nan estaba frente a ella y le hablaba: " An ora enem Nan, salim Nuria" y ella le contestó: "An ora enem Diana, sion Ungut, ino daba ni naun" y añadió "Dimo Nan, dio na Nuria, ne ma salum". En ese momento la visión se diluyó hasta desaparecer, cuando abrí los ojos el objeto aún brillaba. Miré a Nan, necesitaba entender lo que habían hablado. Ella cogió mis dibujos e intentó explicarme. Diana le había pedido que cuidase de mí hasta que regresara: eso fue todo lo que pude entender.

Por un lado me sentía feliz, pero por otro sentía que había dejado de ser lo más importante en la vida de Diana. Yo no era tan altruista como ella y, de alguna manera, me sentía traicionada.

Nan se fue y yo me quedé allí, pensativa y sola.

Raza Humana: El legado de Ungut © María Las Heras, [2019]

La soledad

En las siguientes semanas me dediqué simplemente a sobrevivir. Nan me buscaba, pero yo no quería verla. Tampoco buscaba a Diana, ni a mi familia. Me arriesgaba más de la cuenta, salía a horas en las que, de ser vista, sería un blanco fácil, pero me daba igual.

Trasladé mi cuarto a la planta de abajo. Casi todo el día me lo pasaba escribiendo. Eran los únicos ratos en los que no me sentía sola. Un perro, de tantos que vagaban por los caminos, se había convertido en la única presencia que podía tolerar. Le había puesto un colchón en el salón, era un fiel y silencioso amigo.

Aquella situación no podía durar eternamente, sabía que antes o después Diana volvería y no es que yo ya no la amase, es que no sabía si quería hacerlo.

Un día, sin pensármelo mucho, cogí cuatro cosas y un par de caballos y me marché. En el camino comprobé que se habían marchado todas las naves alienígenas, al menos las grandes. Me dirigí hacia las montañas. Tenía por delante varios días de camino hasta llegar a la zona en la que se podía haber establecido la familia, y quizá varias semanas hasta que diese con ellos.

Llevaba una pequeña tienda de campaña y algunos alimentos, pero no era suficiente, así que tuve que cazar. Aquello no era un problema, el depredador principal hacía más de dos años que había sido prácticamente extinguido y la naturaleza se había regenerado casi a niveles de un siglo atrás.

Por la noches encendía una hoguera para alejar a las alimañas. El perro, que había decidido voluntariamente seguirme, me avisaba al más mínimo ruido. Hacíamos una buena pareja. En el camino no encontré rastro de nadie que hubiese pasado por allí, lo que, en cierto sentido, era una buena noticia: cuanto más lejos hubiesen llegado más probabilidades de sobrevivir habrían tenido.

Aquella noche había una brillante luna llena; por algún motivo no tenía demasiado sueño, saqué la botella de whisky y me serví un trago. El perro parecía feliz de que me quedara un rato más junto a él. Mientras bebía saqué el ovoide del bolsillo. Hacía días que se me había olvidado que lo llevaba. Estaba caliente. Lo cogí entre las manos y empezó a iluminarse. No quería cerrar los ojos, no hizo falta. La imagen de Diana apareció en mi mente, la veía claramente aún con los ojos abiertos, su mirada era muy triste. Sus palabras resonaron en mi cabeza: "¿Por qué te has ido?" Lo dejé caer. Me invadió una profunda tristeza. Lo cogí de nuevo y ella me volvió a hablar: "Vuelve a por mí, te necesito. ¡Ayúdame Nuria!" Yo intenté hablarle, pero no me oía, creo que llegué hasta a gritar. La visión siguió, se la llevaban y también a Ungut. No cabía duda, estaba en peligro.

Salir por la noche era muy peligroso, además tampoco sabía a dónde ir. Debía pedirle ayuda a Nan. Si salía al amanecer e iba al galope, estaría en la playa en un par de días. Otra opción era buscar un coche, pero no había visto ninguno en aquella zona y, aunque lo encontrase, era improbable que funcionara.

De pronto pensé en Marcos. Quizá no estuviesen muy lejos de allí. Encontrarlos me facilitaría mucho las cosas, pero, si perdía tiempo en buscarlos y no los encontraba, quizá cuando volviese a la playa fuera demasiado tarde. Estuve un buen rato dándole vueltas, tratando de elegir la mejor opción. Al final tomé una decisión. Al amanecer cogería uno de los caballos y galoparía recorriendo los alrededores, lo más rápido que pudiese. Si a la hora de comer no los había encontrado, volvería al punto de partida y cogería el otro caballo para bajar hacia la costa. De esa manera sólo perdería media jornada y no dejaría pasar la oportunidad de encontrar la ayuda que en aquel momento podía ser vital.

Me acosté para intentar dormir unas horas: el día siguiente iba a ser duro y debía estar lo más descansada posible.

El canto de las aves me despertó justo antes de que los primeros rayos de sol iluminasen el firmamento. Aproveché los rescoldos de la fogata para calentar un poco de café, le di algo de comer al perro y acariciándole la cabeza le dije:

- Vuelve a casa.

Creo que me entendió, porque comenzó a andar por donde habíamos venido. No podía hacer otra cosa, llevármelo conmigo me retrasaría y dejarle allí tampoco era una solución. Era un superviviente, así que confié en que lo conseguiría.

Cerca de donde habíamos pasado la noche había un campo vallado, un buen sitio para dejar al otro caballo sin tener que atarlo.

Cogí únicamente lo imprescindible y comencé mi búsqueda. Estaba bastante cerca de las cabañas que hacía tiempo habíamos contemplado como posibles refugios. Si me daba prisa llegaría a la primera en menos de una hora y las demás no estaban mucho más lejos. Sabía que, si no los encontraba por allí, iba a ser difícil que lo hiciera en el tiempo que tenía.

El camino era de tierra, pero estaba en buen estado y el caballo iba fresco, así que llegamos a la zona bastante rápido. En la primera cabaña no encontré a nadie; lo que si vi fue el rastro de las ruedas de varios vehículos y decidí seguirlas. Las rodadas pasaron de largo al menos tres cabañas y ya empezaba a desesperarme cuando vi una cabaña a unos doscientos metros, Reconocí en seguida el

Raza Humana: El legado de Ungut © María Las Heras, [2019]

coche que había en la puerta: desde que Clara lo encontró no nos había fallado nunca. Jaleé al rocín, enseguida estaba junto a la entrada. Bajé del caballo de un salto. Aún era bastante temprano, no había nadie fuera de la casa, quizá aún no se hubiesen levantado. Pensé que no les importaría madrugar si era yo quien aparecía, así que me situé bajo las ventanas y comencé a gritar sus nombres:

- ¡Noeee, Maaarcos, Claraaa!

La primera que se asomó fue Noe.

- ¡Mamaaaaá! -gritó con alegría.

Noté cómo pasaba por cada cuarto despertando a todos hasta verla asomar por la puerta. Corrió y se abalanzó sobre mí. Faltó poco para que me tirara al suelo, ya estaba hecha casi una mujer. Pronto los demás salieron por la puerta también. Nos unimos todos en un abrazo. Estaban allí, además de Noe, Marcos y Clara, Amaya y Lara y Víctor. Me dijeron que Almudena se había ido con los niños a una cabaña un poco más arriba. Por lo visto hacía tiempo que había empezado una relación con el sargento Aranda y habían decidido formar su pequeña e independiente familia. No me extrañó, ella nunca se había sentido del todo cómoda en la nuestra.

- ¿Dónde está Diana? -preguntó enseguida Marcos.

Todos callaron para escuchar mi respuesta.

-Por eso vengo a buscaros. Diana está en peligro. No sé dónde está, Ungut se la llevó y desde el día del ataque no la he vuelto a ver. Ahora no hay tiempo para contaros los detalles. Ayer se comunicó conmigo a través del objeto y me pidió ayuda -dije con cara angustiada.

Marcos siempre había sido el más desconfiado respecto al ovoide, pero sí confiaba en mí. Si yo le decía que su hermana estaba en peligro, eso era motivo suficiente para ir al fin del mundo si hacía falta.

En menos de media hora todos estaban abajo dispuestos a salvarla. Me sentí feliz. En el tiempo que llevaba sola había olvidado cuanto los quería y por qué. Cogimos las dos motos y el coche y emprendimos la vuelta a la costa. Antes de bajarnos Marcos escribió una nota y la dejó en el buzón que había a la entrada. Era la manera que tenían de comunicarse entre los distintos grupos; quizá tardaran en leerlo, pero antes o después lo harían.

A mitad de camino vi al perro, les pedí que pararan y él se subió contento de verme de nuevo. Noe lo abrazó y él se dejó querer.

Llegamos a la costa de noche. La bajada, aun en coche, era lenta.

Entramos en casa. Todo estaba casi igual que lo dejaron, salvo el dormitorio que yo me había preparado abajo. Noe me pidió dormir juntas arriba y a mí me pareció una buena idea, era la manera de afrontar mis miedos y recuperar una parte de mi corazón, de mi familia.

Noe era un amorcito. Pasó toda la noche abrazada a mi espalda. Yo también la había echado mucho de menos.

Nos levantamos muy temprano. Entonces les puse al día de todo lo que me había pasado, incluida la curación milagrosa y el acercamiento a Nan. Era necesario para entender cómo sabía que Diana estaba en peligro y también porque no había ido antes a buscarlos. Les dije que debíamos hablar con ella, que era la única que nos podía ayudar a encontrar a Diana. Marcos frunció el ceño, no se fiaba nada de los alienígenas; de hecho, pensaba que todo lo que le estaba pasando a su hermana era fruto de su excesiva confianza. En un momento les pedí a todos que salieran, quería hablar a solas con Marcos.

- Marcos, ya sé que no te fías de ellos, y de hecho yo tampoco lo hago -le dije mientras le agarraba de la mano. Él me miró. Hacía mucho tiempo que no lo hacía de esa manera. Yo sabía que él había renunciado a mí porque su hermana me amaba y que ahora ya no podía dar marcha a atrás. Él jamás traicionaría a Clara. Pero la razón casi nunca manda en el corazón, así que, mientras me miraba, sentí cómo su corazón se aceleraba, tiró de mí hasta que estuvimos tan cerca que era más fácil besarnos que huir. Cogió mi cara entre sus manos y cuando aquello parecía imposible de evitar, mis manos se apoyaron suavemente en su pecho, impidiendo que sucediese algo de lo que, sin duda, los dos íbamos a arrepentirnos.

- Vamos a salvar a Diana, te pido que confíes en mí. Nan tiene que ayudarnos. No sé si los otros son malos, pero yo confío en ella -le dije.

Marcos me miró sin decir nada, pero supe que estaba de acuerdo.

Raza Humana: El legado de Ungut © María Las Heras, [2019]

El rescate

Les pedí que me esperaran en el bosquecillo donde había quedado con Nan aquella vez y fui a buscarla a la playa. Comprobé que seguían allí las tres naves. La vi como siempre paseando sola. Dejé sobre las rocas una llamativa tela roja, no tardé en captar su interés. Hacía tiempo que me esperaba. Se acercó a las rocas y enseguida me vio. Cogí el cuaderno y le dibujé el bosque que ya conocía. Lo entendió perfectamente. Se fue hacia las naves captando la atención de los otros alienígenas para dejarme salir de allí sin ser vista.

En cinco minutos llegué al bosque.

- No creo que tarde mucho en llegar -les dije.

Cuando Nan llegó todos se quedaron mirándola. Ella se acercó a mí y me tocó en el brazo, a la altura de la muñeca. Sus manos eran tibias pero agradables, creo que su temperatura era más baja que la nuestra.

Cogí el cuaderno. Era la mejor manera que tenía de comunicarme con ella, puesto que ninguna de las dos entendíamos el idioma de la otra. Le expliqué mi visión y que Diana me había dicho que estaba en peligro. Le conté quienes eran ellos, se quedó mirando a Marcos y dijo:

- ¿Diana?

Supongo que la reconoció a pesar de esos rasgos masculinos marcados. Yo hacía mucho tiempo que los veía muy distintos, pero sí recuerdo esa extraña sensación del

Raza Humana: El legado de Ungut © María Las Heras, [2019]

principio, de estar viendo a la misma persona pero en dos caras totalmente distintas.

Yo traté de explicárselo, pero dudo que comprendiera el concepto de hermanos y mucho menos de gemelos. Aunque aún no tenía claro de qué manera habían sido concebidos, no parecía que tuvieran padres, ni familia, al menos de la manera que nosotros entendíamos.

Señalé a Diana y le pregunté:

- ¿Dónde está?

"Dónde" era una de las pocas palabras que Nan entendía en nuestro idioma. Me señaló al bolsillo, sabía que llevaba ahí el objeto. Lo saqué y lo puse en su mano, cogí la mano de Marcos y la puse junto a la mía y la de Nan. En seguida su imagen apareció en nuestras mentes. Noté la sorpresa en la cara de Marcos: la imagen era tremendamente real, costaba creerlo, pero realmente la veías. Diana nos miró, no podía hablar. Estaba metida en una cápsula, como las de los retoños alienígenas. A su lado en otra cápsula estaba Ungut.

- ¿Dónde están? No parece una nave -preguntó Marcos.

Nan me pidió el cuaderno. Había aprendido a dibujar, pero sus dibujos eran bastante realistas y perdía mucho tiempo dibujando detalles insignificantes y había que animarla para que avanzase al siguiente paso. Dibujó el lugar donde era probable que la tuvieran. Estaba a pocos kilómetros de allí, pero bajo tierra. Era la primera vez que veíamos algo así, algo verdaderamente extraño teniendo en cuenta que los alienígenas necesitaban el sol para vivir, al menos los rojos. - ¿Qué es? -le pregunté.

- Namu -respondió

Eso no me aclaró nada. Siguió dibujando. Entonces lo entendí. Aquello era un gran laboratorio, probablemente el lugar de donde salían los nuevos alienígenas. Y no sólo eso, ellos, los naranjas, eran de alguna manera un cruce entre los humanos y los rojos.

Me pareció una monstruosidad. En la tierra llevábamos años elaborando un código ético sobre el uso de la genética en el ser humano y ellos en dos días lo habían mandado todo al traste, con la peor de las combinaciones que se podía imaginar.

Por otra parte aquello explicaba muchas cosas: la diferencia de comportamiento entre ellos y los invasores y su manifiesto parecido a nosotros.

Entonces me di cuenta de la urgencia de sacar de allí a Diana. Quién sabe qué crueles experimentos podrían hacer con ella en aquel lugar.

Nan me miró y dijo:

- Marcos, Nuria na Nan, sano Namú no dila Diana.

No hacía falta traducción, estaba claro que quería ayudarnos a rescatar a Diana. Además, sin su ayuda, nos sería casi imposible hacerlo. Miré a Marcos, él también lo había entendido.

- ¿Cuándo? -preguntó Marcos.

Nan señaló el sol dibujando en el aire su recorrido hasta el ocaso y luego señaló el lugar donde nos encontrábamos. Asentimos con la cabeza y se fue.

Cuando ya no se la veía Marcos preguntó.

- ¿De verdad te fías de ella? -

- Sí -le dije convencida.

- Entonces no hay más que hablar. Iremos a rescatar a Diana esta noche -dijo con rotundidad.

Clara protestó.

- Clara, sabes que yo te llevaría siempre conmigo, pero si Nan nos ha pedido que vayamos los tres algún motivo habrá. Vosotros nos esperaréis en la casa, preparados por si tenemos que salir corriendo -le dijo mientras la cogía por la cintura y se acercaba a ella para besarla.

Me quedaba más tranquila pensando que Lara estaba con ellos, aunque a estas alturas todos, incluidos Noe y Víctor sabían cómo defenderse.

Volvimos a casa y nos preparamos para la que iba a ser nuestra misión de rescate más peligrosa. Me ponía un poco nerviosa no saber lo que podíamos encontrarnos allí, no tener un plan claro. Confiaba en Nan, sin duda era una gran aliada, pero ¿sería suficiente para salir de allí indemnes?

Noté en Marcos las mismas dudas que yo tenía, así que decidí no comentarlo con él, eso sólo acrecentaría nuestros miedos.

En poco tiempo teníamos preparado todo el equipo, llevábamos sobre nuestras espaldas muchas batallas como para saber de sobra lo que necesitábamos.

Cuando el sol estaba a punto de esconderse cogimos el coche y nos fuimos a recoger a Nan.

Antes de llegar Marcos me habló:

- Nuria, si por lo que sea no podemos salir de allí, volaremos ese maldito sitio. ¿Estás de acuerdo? -dijo señalando el explosivo que llevaba en su mochila.

- ¡Sin ninguna duda! -le contesté sabiendo que aquella era una posibilidad no demasiado remota.

Cuando llegamos al bosque, Nan ya nos estaba esperando. Subió al coche y nos indicó hacia dónde debíamos ir. Tardamos un poco más de una hora en llegar a la zona. El paisaje me resultó bastante extraño. En seguida me di cuenta de que aquello no era natural, era una construcción. Habían elevado el terreno y tapado todo con un manto que recordaba al de un prado, pero aquello no era hierba. Ocupaba una gran extensión, calculo que al menos cinco hectáreas. No había ni una sola nave por allí. Estaba claro que no querían que descubriéramos sus instalaciones. En un lateral había una ligera elevación, tenía que ser la entrada, aunque me costaba creer que con el tamaño que tenía el complejo hubiese un único acceso.

Dejamos el coche a cincuenta metros, cobijado bajo la única vegetación que había en la zona, con las llaves puestas y las puertas abiertas. Fuimos andando hasta el acceso, Nan apoyó su mano en el lector biométrico y la puerta se abrió. Me llamó la atención que lo hiciera con tanta facilidad, que el acceso no estuviese restringido a unos pocos de sus congéneres, como sucedía en la tierra con las instalaciones militares y los centros de investigación.

Tras el primer acceso encontramos una puerta mucho mayor que se abría a una gran sala, en la que había lo menos cincuenta alienígenas de los rojos; estaban dormidos en cápsulas, dispuestas como las celdas de una colmena. Nan nos hizo un gesto para que fuéramos con cuidado y no tocáramos nada. Dudaba que aquellos fuesen científicos, más bien parecían soldados o vigilantes. Al fondo había un pasillo largo y, a los lados del mismo, se abrían una docena de puertas. Nan llevaba paso firme como el que sabe dónde va, así que Marcos y yo nos limitamos a seguirla. Llegamos al final y de nuevo una puerta se abrió ante nosotros.

- Aquí -dijo. Lo pronunció tan bien que cualquiera diría que hablaba nuestro idioma.

Entramos en una sala inmensa, en cuyo centro había un hueco de unos diez metros de diámetro desde el que se veían las plantas inferiores, creo que otras diez, aunque no me entretuve en contarlas. En cada planta había miles de cápsulas con alienígenas de los naranjas, casi todos en un estado prácticamente fetal y en ningún caso parecían mayores de un humano de uno o dos años, aunque, viendo su velocidad de crecimiento, era posible que no tuviesen más allá de un par de semanas. Nan nos indicó que la siguiéramos. Bajamos en un ascensor hasta la planta más baja. Estaba igual que las demás, llena de cápsulas, pero esta vez lo que había dentro no eran bebés alienígenas, eran adultos. Algunos de ellos presentaban malformaciones o demasiadas semejanzas con un humano; otros, por el contrario, parecían no tener ninguna tara y sin embargo estaban ahí, condenados a una existencia de cautiverio e hibernación.

En una zona, aislada del resto por una puerta, había un pequeño grupo de cápsulas, unas veinticinco. En el centro una mesa parecida a las que puedes encontrar en un quirófano y rodeándola un montón de equipos e instrumental quirúrgico. Era distinto al utilizado en la tierra, pero aun así guardaba ciertas semejanzas. Parece que cercenar se hacía parecido en todos los planetas.

En una de esas cápsulas estaba Diana, la vi nada más entrar en la sala. Corrí hacia ella e intenté abrirla, pero Nan me frenó. Yo entonces no lo sabía, pero de haberla sacado así hubiera muerto en el acto. Nan tocó los controles e inició el proceso que la sacaría de la hibernación.

En la cápsula contigua estaba Ungut. Si lo tenían allí era porque, de una manera u otra, se había puesto de su lado. Sabía que si Diana despertaba no permitiría que le abandonásemos, así que se lo dije a Nan.

El proceso era lento, lo menos estuvimos veinte minutos esperando, hasta que al fin Diana abrió los ojos. Nada más hacerlo se fijó en mí, vi como una lágrima rodaba por su mejilla y me decía algo, pero aún estaba dentro de la cápsula y no pude oírla. Nan abrió la cápsula y yo cogí a Diana en brazos. Me di cuenta de que a penas la sostenían las piernas. Poco a poco fue poniéndose en pie con gran dificultad y, mientras lo hacía, Ungut salió de su cápsula. Él no pareció tener tantos problemas para recuperar la movilidad, estaba claro que había diferencias notables entre ellos y nosotros. Mientras recuperábamos a Diana, Nan cogió a Ungut del brazo y le explicó lo que había pasado y por qué estábamos allí, y él, a su vez, le explicó por qué los mantenían presos. A él le habían condenado a muerte y Diana iba a ser utilizada como cobaya de sus experimentos genéticos, y todo lo que había pasado era que habían intentado convencer al consejo de buscar una solución pacífica con los humanos.

- Tengo que contaros muchas cosas, pero primero debemos salir de aquí o nos matarán a todos... o algo peor. - dijo Diana, que poco a poco volvía a ser ella misma. Llegamos a la salida en mucho menos tiempo del que habíamos empleado en entrar, sin que nadie nos lo impidiera. El problema empezaría cuando despertaran y descubrieran que Ungut y Diana se habían escapado. No me cabía duda de que irían a buscarlos, así que teníamos que alejarnos de allí lo antes posible. Entre unas cosas y otras, eran casi las tres de la mañana, quedaban poco más de tres horas para que amaneciese y, en llegar a la casa, aún tardaríamos una hora.

Una vez fuera del complejo corrimos hasta el coche. Nos montamos los cinco y salimos de allí como alma que lleva el diablo.

El perdón

Apenas quedaban diez minutos para llegar a casa cuando Marcos me dijo en voz baja:

- ¿Qué vamos a hacer con ellos?

- Creo que, al menos esta noche, deberían quedarse con nosotros -le dije, sabiendo que no estaría muy de acuerdo, pero hasta él entendía que no se podía hacer otra cosa.

Cuando llegamos, los chicos nos estaban esperando. Víctor, como digno discípulo de Marcos, no se sentía muy feliz con la presencia de los alienígenas en nuestro hogar, pero Noe pronto le convenció y él se conformó.

Alojamos a Nan y Ungut en el dormitorio que yo había utilizado mientras estaba sola en la casa, y los demás nos fuimos a dormir cada uno a nuestro cuarto.

Al fin me quedé a solas con Diana, ella se acercó a mí para besarme, pero yo necesitaba muchas respuestas antes de perdonarla por abandonarme.

- No es tan fácil, Diana. Llevo mucho tiempo sin ti, no puedes pretender volver a casa y encontrarme esperándote con los brazos abiertos -le dije separándome de ella.

Me miró, sabía que me había roto el corazón.

- No he dejado de pensar en ti ni un sólo momento -me dijo intentando acercarse de nuevo.

- No me vale. Lo siento, no puedo creerte -le dije. Y fui hacia la puerta con intención de dormir en el salón aquella noche.

Ella me agarró de la mano para impedir que me fuera.

- No te vayas, por favor -me pidió con aquella voz a la que me costaba tanto resistirme. No quise forzar más las cosas, así que me di la vuelta y le dije que me quedaría, pero que eso no significaba que la perdonaba.

Nos metimos en la cama y me hice la dormida, noté que se acercaba a mí y me acariciaba. Estaba deseando darme la vuelta y besarla, pero antes debía curar mi corazón, Si no lo hacía, terminaría por romperse en mil pedazos, con mucho más dolor del que ahora sentía.

Cuando me desperté Diana seguía dormida. Me quedé un rato mirándola. Estaba muy delgada, se notaba que no había comido demasiado en los últimos tiempos y tampoco sabía si le habían hecho algo más. Quería entenderla, necesitaba hacerlo, pero no iba a ser algo rápido ni fácil.

Decidí dejarla descansar. Bajé a la cocina donde Noe y Víctor estaban desayunando. Noe se levantó y me puso el desayuno.

- Gracias, cariño -le dije dándole un beso de buenos días.

Ella me sonrió. Me di cuenta por su mirada que yo no era la única a la que Diana había defraudado. Estaba terminando mi café cuando Diana entró en la cocina. Noe la vio antes que yo, bajó la mirada y dándole la espalda me dijo:

- Mamá, voy con Víctor a arreglar el gallinero, si me necesitas estaré allí -y se fue arrastrando a Víctor hacia la puerta.

- ¿Qué le pasa a Noe? -me preguntó.

- ¿En serio? -le dije, como quien se da cuenta de que le están tomando el pelo y añadí:

- Yo también tengo trabajo, despierta a Ungut, debéis decidir que vais a hacer.

Diana me miró, sabía que la estaba castigando. No hizo nada por defenderse.

Me fui a la parte de atrás de la casa; necesitaba estar sola. Tenía que pensar en lo que iba a hacer. Sinceramente, si no me marché en ese momento, fue porque no quería que Noe se sintiera de nuevo abandonada.

Llevaba un rato sentada a la sombra de un árbol cuando Marcos salió a buscarme.

- Nuria, tenemos que decidir qué hacer con los alienígenas. Yo pienso que se deberían marchar. ¿Tú qué crees? -me dijo mientras me tendía la mano para que me levantase.

- Supongo que sería lo mejor, pero, al menos, deberíamos hablarlo con ellos, sobre todo con Nan -le contesté mientras me dejaba ayudar.

- Pues hablemos con ellos -dijo como el que quiere hacer algo rápidamente para quitárselo de encima.

Cuando entramos, Diana estaba hablando con Ungut. Se entendían bastante bien, los dos habían aprendido un poco del idioma del otro y alternaban frases en ambos idiomas.

A Marcos le repateaba bastante la actitud de su hermana. De alguna manera parecía que le importaba más él que nosotros. Marcos de tacto andaba justo, así que, sin pensárselo mucho y sin medir sus palabras, le soltó lo que en el fondo todos pensábamos.

- Oye, Diana, vas a tener que decirle a tu amigo que se vaya, a no ser que tú también te quieras ir con él y abandonar de nuevo a tu mujer y a tu hija -le dijo mirándola fijamente para que no pudiese escabullirse en su respuesta.

Diana miró a su hermano y, sin ocultar su enfado, le contestó:

- Díselo tú mismo -dijo mientras subía al dormitorio.

- No creas que no lo haré -le dijo Marcos aceptando el reto de su hermana.

Diana cerró la puerta de un golpe, dejándonos clara a todos su postura y dando por zanjada la discusión.

Nan, que salió en ese momento del dormitorio, se dio cuenta de lo que allí estaba pasando. Me cogió de la mano y sacó el cuaderno para comunicarse conmigo. -Nan y Ungut marchan -dijo esforzándose por hablar nuestro idioma.

Intenté decirle que no era necesario, pero ella sabía que sí. Me dibujó frente a Diana hablando y dijo:

- Diana habla, tú entiendes.

Me levanté y la abracé. Noté cómo se emocionaba. Creo que esa parte emocional humana es algo con lo que los alienígenas no habían contado a la hora de mezclar sus genes con los nuestros.

- Gracias -le dije mientras se marchaba y ella me sonrió.

Todos pensábamos que aquello era lo mejor, todos menos Diana, que al oír la puerta bajó como una exhalación, pero llegó tarde. Se asomó y ya ni se los veía. Siempre pensé que se habían escondido: era casi imposible que hubiesen ido tan rápido como para desaparecer, pero no querían crear más conflicto entre nosotros.

- No sabéis lo que habéis hecho. Era la oportunidad de acabar con todo esto de una vez y vosotros la dejáis pasar por unos estúpidos celos sin sentido -dijo Diana mirándonos a Marcos y a mí.

La miré, sabía que si me quedaba allí rompería a llorar así que salí fuera, cogí uno de los caballos y me puse a galopar a toda velocidad huyendo del dolor que me causaba verla así.

- ¿Celos sin sentido? ¿Tú estás pensando lo que dices o te has vuelto imbécil de repente? Nuria arriesgó su vida para ir a buscarte. ¿Quieres saber la verdad? Pues lee esto, quizá así dejes de romperle el corazón a la persona que más te quiere en este mundo -le dijo entregándole lo que había escrito desde el día en que estaba dispuesta a dejarme morir, porque mi vida sin ella no tenía sentido.

Todos menos Diana salieron fuera. Marcos ensilló un caballo y se fue a buscarme. Yo había galopado arriba y abajo hasta que el pobre caballo estaba casi reventado, entonces me fui al faro y me subí al mismo sitio en que, aquel día, me abracé a ella y sentí que nada malo podía ocurrir si estábamos juntas. Marcos vio mi caballo atado a la escalera y ató el suyo en el mismo sitio, subió y se sentó a mi lado sin decir nada. Pasó su brazo por mi hombro y yo me acurruqué en él.

- Entrará en razón, no te preocupes. Ella te ama. Se está sacrificando por salvar al mundo, pero no se da cuenta de que el pago eres tú. Cuando lo entienda volverá -me dijo.

- Es posible, pero yo no sé si quiero estar con alguien a quien mi dolor le importa tan poco -le contesté

- Sé que parece eso, pero, créeme, no es así. La conozco muy bien. Está tan ofuscada en pensar que si ella no salva al mundo nadie lo hará, que no ve nada más allá. Pero pronto se dará cuenta y volverá a por ti -me dijo desde el conocimiento que le daba haber estado con ella desde el útero materno.

Me abracé a él y dejé que las lágrimas que llevaba horas conteniendo salieran sin control. Poco a poco me fui calmando. Marcos sabía darme mucha paz.

Estuvimos allí mucho tiempo en silencio, mirando al mar. Me di cuenta porque el sol estaba ya en lo más alto.

- Deberíamos volver, los chicos estarán preocupados - le dije.

- Sí. Sólo un consejo: deja que sea ella la que te busque, mantente lo más fría que puedas, sé que no podrá soportarlo -me dijo guiñándome el ojo.

Me reí y le di las gracias por todo con un último abrazo.

Cuando volvimos a casa los chicos estaban fuera, poniendo en marcha de nuevo todas las tareas, aunque se notaba que realmente nos estaban esperando. En cuanto bajé del caballo Noe se me abrazó.

- ¿Estás bien, mami? -me dijo dándome el puesto que siempre había ocupado Diana. - Si, tranquilo cariño. Tú y

Raza Humana: El legado de Ungut © María Las Heras, [2019]

yo somos una familia. Nada nos puede separar -le dije mientras la mantenía entre mis brazos.

- Tengo una idea -dijo Marcos.

- ¿Cuál? -preguntamos.

- ¿Por qué no preparamos algo de comer y nos vamos a pasar el día a la playa? -dijo sonriente.

- Me parece una idea genial. Iremos a la cala del hotel. En nuestra playa están los alienígenas -les dije mientras empezábamos a preparar la comida. Al entrar vi a Diana en el salón, leyendo lo que yo había escrito. Me miró buscando mis ojos y yo aparté la mirada y me fui a la cocina con los demás.

Cuando tuvimos todo preparado salimos los siete por la puerta. Diana seguía allí pero nadie le dijo nada.

En la playa lo pasamos en grande, hacía mucho tiempo que no teníamos un rato para disfrutar, el calor apretaba y el baño nos sentó a todos de maravilla. Todos estaban pendientes de mí, no me dejaron ni un minuto sola, si alguna sombra aparecía en mi mente, alguien venía y me sacaba de la oscuridad.

Sobre las ocho empezamos a recoger para volver a casa. Al llegar nos encontramos a Diana en la cocina: estaba preparando cena para todos. Subimos a ducharnos sin decirle nada. Me quedé un buen rato bajo la ducha; quería mantenerme firme y eso exigía por mi parte cierta concentración. Diana era mi debilidad y, a pesar de lo que había pasado, sabía que, si insistía lo suficiente, me rendiría. Pero no quería hacerlo sin que ella de verdad entendiera lo que sentía. Cuando bajé estaban poniendo la mesa, pasé por detrás de Diana y ella me cogió la mano, la retiré sin brusquedad pero con decisión. - Esta noche te agradecería que durmieses en el cuarto de Noe, ella dormirá conmigo - le dije en un tono frío que me costaba mantener. Me miró. Por primera vez desde hacía tiempo, se había borrado de su cara   el gesto soberbio que porta quien cree estar en posesión de la verdad. Bajo los ojos y contestó.

- Como quieras. Tras esto dejó el plato que estaba sirviendo sobre la mesa y salió fuera.

Diana estaba acostumbrada a salirse con la suya, era muy difícil resistirse a sus encantos, y seguramente esa era la primera vez en su vida que alguien le había dicho "no" dos veces seguidas.

Volvió a entrar, cogió un vaso y una botella de whisky y se sentó fuera en el porche.

Cuando terminamos de cenar nos sentamos en el salón, estuvimos un rato jugando a las cartas. A través de la ventana veía a Diana, sabía que se había puesto ahí para que yo la viera, pero no pensaba caer en su trampa, aún no.

No eran ni las doce cuando nos subimos a dormir. Ella seguía fuera. Marcos me miró, me dijo con gestos que iba a salir a hablar con su hermana. Me pareció bien, no quería que se quedase sola.

- ¿Qué haces aquí tan sola? -le preguntó mientras le tocaba con cariño la cara.

Ella le miró, estaba llorando.

- La he perdido, Marcos -le dijo entre sollozos.

- ¿Y qué pensabas que iba a pasar? La abandonaste -le dijo mientras le secaba las lágrimas con sus manos.

- Yo no sabía lo que le había pasado, pensé que le daría tiempo a resguardarse y que estaría con vosotros, que todos estaríais a salvo -dijo sin que sonara demasiado convincente.

- Diana, eso no es cierto y tú lo sabes. Te obcecaste con Ungut y la dejaste sola. Ella nunca te habría dejado a ti. De hecho, fue a buscarte, arriesgó su vida pensando que podías correr algún peligro y vio como te marchabas, sin importarte lo que le sucediera. Vivió porque no era su momento, pero te aseguro que no le importaba morir. Luego volvió a buscarnos, de nuevo por ti, de nuevo para salvarte. ¿Y tú piensas que la has perdido? Espabila de una vez y lucha por ella, demuéstrale que se equivoca, que ella para ti es lo más importante, y la recuperaras. Pero, si no es así, déjala marchar -le dijo y se levantó para no escuchar la réplica de su hermana.

Sin darle tiempo para reaccionar, se metió en la casa y cerró la puerta.

Diana se quedó fuera un buen rato. Yo me acosté con Noe, que era como dormir con un osito, y pronto nos quedamos las dos dormidas.

Por la mañana me levanté temprano, dejé a Noe dormir un rato más. Bajé a arreglar el establo, cambiar la paja y limpiar un poco los caballos. Cuando terminé entré en la casa para prepararles a todos el desayuno y, al abrir la puerta, me di de bruces con Diana. Ella acababa de levantarse, había dormido en el cuarto en el que yo dormí y después lo hicieron los alienígenas. Tenía mala cara, estaba claro que aquella no había sido su mejor noche.

- ¿Quieres un café? -le dije intentando suavizar un poco la tensión.

- Sí -me contestó.

Se notaba que no quería dejar pasar la ocasión de hablar conmigo.

Le serví el café y me senté frente a ella.

- He leído lo que escribiste -me dijo intentando entablar conversación.

En seguida empezaron a bajar todos y el momento desayuno familiar anuló cualquier posibilidad de acercarnos.

Cuando terminé el café me levanté. Había que ir a ver cómo estaban las vacas, probablemente habría que llevarles hierba porque ya estaba entrado el verano y los pastos naturales no eran suficientes para alimentarlas. Estaba ensillando un caballo cuando Diana entró en el establo.

- ¿Te importa que vaya contigo? -me preguntó.

- Hay muchas cosas que hacer, ¿por qué no le das mejor una vuelta a la huerta? -le dije, dejándole claro que no era el momento.

Diana era muy lista, no había que decirle las cosas dos veces. Sabía que, si me quería recuperar, tendría que esforzarse mucho más. Así que dejó de perseguirme y se puso también a trabajar.

A la hora de comer volvimos todos de nuestras tareas. No hacía falta ningún director de orquesta. Cada instrumento sabía cómo y cuándo debía tocar.

- ¿Os apetece bajar otra vez a la playa como ayer? -preguntó Marcos.

- Por mí perfecto, el baño me sentó genial -le dije

- Nosotros también nos apuntamos -dijo Noe en nombre de Clara, Lara, Víctor y Amaya. Me miraron todos, estaba claro que nadie le iba a decir nada a Diana en contra de mi voluntad. Pasado el primer momento, yo no iba a consentir que las relaciones en la familia se tensaran, independientemente de que Diana y yo solucionásemos o no nuestros problemas.

- Diana, ¿vienes con nosotros? -le pregunté con voz amable pero distante.

- Sí, voy preparando algo de comer -dijo consciente de que al menor desliz tendría a todos de nuevo contra ella.

Nos metimos los ocho en el todoterreno. Le quitamos la bandeja al maletero y Noe y Víctor se sentaron en él.

Al llegar a la playa nos quitamos la ropa, como siempre habíamos hecho. Estábamos acostumbrados a bañarnos desnudos, lo habíamos hecho desde el primer día que llegamos a la costa, y la verdad es que ninguno sentimos la necesidad de ponernos un bañador. Pero aquel día no pude evitar quedarme mirando a Diana. Hacía mucho tiempo que no la veía desnuda y era evidente que la deseaba, ella lo notó y se paseó ante mí más tiempo del necesario. Yo aparté la mirada, pero ella se quedó parada frente a mí.

- ¿Nos damos un baño? -me preguntó, sabiendo que no quería mirarla.

- Ahora voy, ve metiéndote -le dije intentando disimular.

Me di cuenta de que todos estaban de una manera u otra con su pareja, incluso Noe y Víctor, que ya hacía tiempo que tonteaban, estaban dando un paseo agarrados de la mano.

Diana no me había hecho caso y seguía de pie frente a mí.

- Dame una tregua -me dijo de pronto.

La miré.

- No puedo, Diana. Si lo hago sin perdonarte, no curaré mi corazón y, antes o después, se romperá -le dije con sinceridad.

- Está bien. Me lo merezco. Vamos a darnos un baño y no hablemos más -me dijo intentando huir de la confrontación. - No lo entiendes aún, está claro que no te das cuenta de que me has perdido -le dije mientras me vestía para marcharme de la playa.

Cuando vio que iba en serio su cara cambió.

- No, por favor, ¡no te vayas! -me dijo con los ojos humedecidos.

Me senté con la ropa puesta, la miré y le dije:

- Diana, deja de intentarlo. No quiero volver contigo. No eres la mujer con la que me casé. Ya no te quiero -

Cogí su mano, me saqué del dedo la alianza que aún llevaba y se la di. Luego me quité la ropa y caminé hacia la orilla dándole la espalda. No quería mirar atrás y no lo hice hasta que estuve en el agua. Ella permanecía de pie, con mi anillo en su mano, viendo cómo me alejaba, perdiéndome sin poder evitarlo.

Nadé hacia donde estaban todos. Me miraron pero no dijeron nada, sabían de sobra lo que pasaba. Diana comenzó a caminar a lo largo de la orilla, lo más lejos que la playa le permitía, y se sentó en la arena, con la mirada perdida en el horizonte.

Salimos del agua para comer. La llamaron pero ni siquiera giró la cabeza. Amaya cogió un plato y se lo llevó. Se sentó a su lado.

- Come un poco, está muy rico -le dijo con cierta ingenuidad.

- Gracias, no tengo hambre -le contestó con la mejor sonrisa que su tristeza le permitió fingir.

- Diana, tú me ayudaste mucho y ahora no te voy a dejar sola -le dijo cogiéndole la mano en la que aún guardaba mi alianza.

- Te lo agradezco de veras, pero necesito estar sola - respondió suplicando.

Amaya no insistió más. Cogió el plato y volvió a donde estábamos todos.

Llegó la hora de marcharnos y Diana seguía allí, mirando al infinito. Marcos le acercó la ropa.

- Vamos, Diana, volvemos a casa -le dijo tendiéndole la mano para ayudarla a levantarse.

- Marchaos, yo iré después -le dijo a su hermano rechazando su ayuda.

- ¿Estás segura? Hay un buen paseo hasta la casa - insistió.

- Si, lo estoy.

Yo sabía que sólo había una manera de que Diana se levantara, pero no fui a por ella, a pesar de que me miró cuando me levanté para ir al coche, a pesar de que se me rompía el corazón al dejarla allí.

Antes de entrar en casa Marcos me sujetó por el brazo. Yo sabía lo que me iba a decir y no quería oírlo.

- Marcos, sé lo que me vas a decir, por favor no lo hagas - le pedí y él lo respetó.

A las doce y pico oí llegar a Diana. Los demás se habían acostado ya, pero yo no podía dormir. Realmente nadie podía hacerlo, pero querían dejarnos espacio. Cuando oyeron la puerta todos respiraron.

Diana entró y fue directa a la cocina. Cogió una botella de whisky y dos vasos, se quedó parada frente a mí y me suplicó:

- Por favor, no me dejes sin que al menos pueda darte una explicación.

- ¿Crees que la necesito acaso? -le dije sin aceptar su invitación.

Ella bajó la mirada.

- Estaré fuera esperándote cada noche hasta que me des una oportunidad -y, sin más, salió.

Esa fue la primera vez desde su regreso que me planteé ceder, pero una cosa era decirlo y otra hacerlo.

Los días pasaron y Diana cumplió su promesa. Cada día me lo pedía de una alguna manera: con flores, por carta, con música, hasta con comida...

Un día volví de coger algunos suministros que necesitábamos del pueblo y, al subir al dormitorio para cambiarme, me encontré la cama llena de pétalos de rosa, había tantos que pudo escribir con ellos: "te sigo esperando". Bajo la frase había un corazón y encima de él un sobre. Lo abrí y lo leí: "Si hoy no bajas entenderé que realmente no me quieres y, aunque me muera sin ti, te dejaré ir para siempre."

Me senté en la cama: me acababa de echar un órdago. Sabía que no podía estirar más las cosas, que antes o después tendría que hablar con ella. Su actitud había cambiado, me recordaba al principio. Aunque se mantenía a distancia, era todo detalles, cada cosa que hacía buscaba de una manera u otra complacerme. Yo sabía que estaba muy triste sin mí, y no porque me lo demostrara, siempre que podía me dedicaba una sonrisa, pero cuando estaba sola y creía que nadie la veía la tristeza aparecía en su rostro. Si me levantaba por la noche, la oía llorar, y comía muy poco, buscaba cualquier excusa para no hacerlo, estaba extremadamente delgada.

Aquella noche, cuando terminamos de cenar, se sentó en el porche una vez más con una botella y dos vasos. No me miró al salir. He de decir que la botella era la misma desde el primer día, no había probado ni una gota. Abrió la botella y se sirvió un vaso. Me di cuenta de que su amenaza iba en serio. Salí y me senté a su lado.

Cuando me vieron salir, todos desaparecieron del mapa y Noe se metió a dormir en su cuarto.

- ¿Bebes sola? -le dije poniéndole la mano en la rodilla.

Noté como se estremecía. Me sirvió un vaso y me miró. Nunca la había visto tan nerviosa. Intentó hablarme pero titubeaba, las palabras se apelotonaban en su mente, yo no quería verla sufrir así que tomé la iniciativa.

- No es verdad que no te quiera -le dije, cogiendo su cara entre mis manos para evitar que mirara hacia abajo. Y seguí:

- Pero sí he sentido que tú no me querías o, lo que es peor, que querías a alguien o a algo más que a mí. Elegiste salvar al mundo y el precio era mi corazón, mi vida... -le dije muy seria.

Ella seguía escuchándome.

- Deseo perdonarte, no sabes cuánto. Pero no sé si puedo hacerlo. Siento que la próxima vez que me caiga por un precipicio, quizá no sea tu brazo el que me saque de allí. Quizá un motivo superior y altruista te lleve de nuevo a retirarlo y dejarme caer. Sé que no es esto lo que quieres oír, pero es lo que yo siento -le dije y me levanté para marcharme.

- Espera, por favor -me dijo agarrándome de la mano.

Me paré. Si había decidido darle la oportunidad, no podía irme así, sin ni siquiera escucharla.

- Te escucho -le dije sentándome de nuevo a su lado.

- Cuando conocí a Ungut vi en seguida que era distinto a todos los alienígenas que habíamos visto hasta entonces. Sentí la necesidad de acercarme a él. Estaba convencida de que se podía buscar una solución pacífica que terminara de una vez por todas con esta cruel guerra que estaba a punto de aniquilar a la especie humana -dijo, haciendo un gesto de que la dejara continuar.

- Durante los siguientes días le busqué, sin suerte hasta el día del gran ataque. Él vino a por mí, quería que convenciéramos al Consejo de que no era necesario el bombardeo, que podían compartir el mundo con nosotros. Yo no era consciente de cómo estaban las cosas. Cuando te vi en la parte alta del acantilado quise ir a por ti. Él me dijo que no te pasaría nada porque el viento soplaba a tu favor y me convenció de que podíamos lograr la tregua. Por eso me fui con él -dijo mientras me miraba buscando en mí algo de comprensión.

Yo no tenía intención de replicarle, sólo la iba a escuchar, así que le pedí que siguiera.

- Después, cuando Marcos me dijo que leyera lo que habías escrito y vi todo lo que habías pasado y cómo de abandonada te sentiste, me morí de tristeza. Entendí cómo sufrías, que me quisieses olvidar y que no te importase vivir o no. ¿Sabes por qué? - preguntó.

- ¿Por qué?

- Porque así me siento yo ahora. Tardé en darme cuenta, pero el otro día en la playa, cuando me dijiste que ya no me querías, sentí que todo lo demás me daba igual, y que, si se acababa el mundo, pues mejor -dijo, mientras le caía una involuntaria lágrima por la mejilla.

- El mundo no se acabará mientras tú estés conmigo -le dije cogiéndole la mano.

Me miró, se acercó para besarme, pero la paré. Vi la confusión en su rostro. - No voy a volver contigo. He venido porque no quiero que dejes de luchar por mí. Si quieres recuperarme tendrás que demostrarme que soy todo para ti, porque tú lo eres todo para mí y no estoy dispuesta a recibir menos de lo que doy -le dije mientras le sonreía.

- No iba a dejar de luchar por ti, era un farol -me dijo sonriendo tímidamente.

- Ven -le cogí de la mano y la llevé escaleras arriba hasta nuestro cuarto.

Cerré la puerta, ella me miraba confundida. Me quité lentamente la ropa hasta quedarme completamente desnuda. Entonces la besé apasionadamente, sentí como su deseo le hacía perder totalmente el control y cuando sus manos intentaron poseerme la paré de nuevo.

- Lo quieres, puedes tenerlo, ¡gánatelo! -le dije empujándola con suavidad fuera del dormitorio.

Cerré la puerta y me acosté. Ella no era la única que podía echar órdagos y ahora le quedaba claro.

Aún no había amanecido, yo acababa de abrir los ojos cuando sus nudillos golpearon suavemente mi puerta. No esperó a que yo hablara, abrió y llevó hasta mi mesilla una bandeja con un desayuno de capricho. Se sentó al borde de la cama y retiró la sábana que me cubría. Intenté volver a taparme pero me lo impidió. Me colocó boca abajo y me ató las manos a la espalda con un pañuelo de seda que cogió de la bandeja. Se tumbó sobre mí y puso su mano entre mis piernas, noté como sus dedos me acariciaban, esa posesión me estaba volviendo loca. Llevaba mucho tiempo deseándola y bastó sentir sus caricias para dejarme llevar totalmente por la pasión. Un paso antes del éxtasis me dio la vuelta y apoyó su boca donde antes jugaban sus manos, me desató para que se las agarrara mientras perdía completamente el control y me dejaba llevar por ese torrente de incontrolable y maravilloso placer. Cuando terminó, se acercó a mi boca y me dio un delicado beso en los labios. Abrió mi mano y dejó sobre mi palma la alianza que yo le había entregado y, sin dejarme decir nada, se levantó y se fue hacia la puerta. Desde allí, un instante antes de marcharse, me miró y dijo:

- No puedo estar sin ti.

Y salió.

Me senté en la cama. Cogí la alianza y me la puse: me di cuenta de que la había perdonado porque yo tampoco podía estar sin ella. Aún no se había levantado nadie, así que salí sin ponerme nada y la llamé. Subió las escaleras y se quedó mirándome. La cogí de la mano y entramos de nuevo, cerrando la puerta a nuestro paso. La llevé hasta la cama y la besé mientras la desnudaba para sentir su cuerpo unido al mío. Hicimos el amor hasta caer rendidas, sin importarnos si el mundo giraba o se detenía, sólo pasión, sexo, besos...sólo ella y yo.

Cuando desperté de nuevo Diana estaba sobre mí, pesaba mucho menos que antes, lo noté por lo fácil que me resultó moverla. Me quedé contemplándola, para mí no había mujer más bella ni más cautivadora. La acaricié con suavidad, no quería despertarla.

En la casa comenzaba a haber movimiento. Noe canturreaba mientras bajaba las escaleras para ir a desayunar. No era la única que estaba feliz esa mañana.

Diana abrió los ojos, se abrazó a mí apoyando su cabeza en mi pecho.

-Perdóname -me dijo aferrándose con fuerza a mi cintura.

-No vuelvas a abandonarme -le dije, mientras le acariciaba el pelo.

-Jamás, te lo juro -me dijo con lágrimas en los ojos.

-Te perdono. No llores más -le pedí sonriendo, mientras me acercaba a su boca para besarla.

Bajamos a desayunar, agarradas de la mano. Todos nos miraron complacidos y Noe se levantó corriendo y se abrazó a nosotras. Diana me soltó la mano y la cogió en sus brazos. Hacía mucho tiempo desde la última vez.

-Perdóname pequeña -le dijo acariciándola con ternura.

Ella la miró.

-Vamos, mami, se os enfría el café -le dijo llevándola a la mesa.

La familia volvía a estar unida.

La empatía

Con la tensión entre Diana y yo, se nos había olvidado a todos que el mundo seguía en guerra. Ninguno de los problemas anteriores al ataque se había resuelto. Lejos de eso, los alienígenas habían conseguido diezmar la población, ya escasa, y dispersarla de nuevo.

Desde entonces no habíamos recuperado las comunicaciones con el barco, ni con ninguno de los grupos de la costa. Había llegado el momento de renacer, una vez más, de las cenizas.

Los alienígenas que ocupaban nuestra playa seguían allí, pero se los veía confusos. Los juegos acuáticos no parecían divertirles tanto como antes y la desaparición de Nan les tenía un poco nerviosos.

Diana nos contó todo lo que había averiguado en el tiempo que estuvo con Ungut. Los alienígenas eran una raza muy antigua. Provenían de un planeta parecido a la Tierra, que formaba parte de un sistema que giraba en torno a una estrella mayor que nuestro sol, casi en el centro de la galaxia. Inicialmente fueron tan numerosos como nosotros, pero el avance de su civilización, superior tecnológicamente a la nuestra, ocasionó tremendas alteraciones en el medio ambiente. La población se vio afectada por plagas y enfermedades que prácticamente exterminaron su raza. Apenas sobrevivieron unos cien mil.

Uno de los terribles efectos fue que el noventa por ciento de los supervivientes resultó ser estéril. Los pocos que aún tenían la capacidad de reproducirse no daban abasto para regenerar la especie. Buscando una solución al problema, sus estudios en genética avanzaron muchísimo.

Cuando apenas quedaban unos cincuenta mil, tras muchos intentos fallidos, consiguieron llevar a cabo clonaciones de un pequeño grupo de supervivientes, escasamente unos dos mil. Los clones de los demás morían prematuramente o presentaban terribles malformaciones. Descubrieron que sólo los que tenían un cierto gen eran aptos para la clonación. Durante decenas de miles de años realizaron una y otra vez el proceso sobre los elegidos, creando una población ficticia de millones de individuos.

La sociedad se deterioró, los nexos emocionales de familia, amistad o amor se diluyeron hasta desaparecer, dando paso a grupos especializados, dominados por las aptitudes más destacadas del individuo original, como las hormigas o las abejas.

Hace unos miles de años comenzó a hacerse patente un problema con el que no habían contado: las reiteradas clonaciones a partir de seres que eran un clon de otro clon, de otro clon, de otro clon...comenzaron a deteriorar el código genético que les había permitido sobrevivir durante miles de años como especie. Intentaron sustituir los genes de forma sintética, pero no dio resultado, así que, tras mucho pensar, llegaron a la conclusión de que su única opción era intentar el mestizaje con alguna otra raza similar a la suya.

Viajaron por el espacio, se trasladaron de planeta en planeta, buscando un entorno adecuado y una raza con la que mezclarse para sobrevivir, pero ninguna era tan similar a ellos como para que de la mezcla no resultaran grotescas aberraciones.

Por una fatídica casualidad, en una de sus expediciones buscando vida compatible, una de las naves captó imágenes provenientes de nuestro planeta: los seres que aparecían en ellas, nosotros, eran hasta el momento los más parecidos a ellos mismos que habían encontrado. Estuvieron vigilándonos durante años, hasta que tuvieron suficiente información. El mayor problema era nuestro número: éramos demasiados. Planearon una extinción controlada y, los que sobrevivieran, serían sin duda los mejores ejemplares para llevar a cabo su plan.

Lo que ellos, una raza de científicos y legisladores, no imaginaron, fue que los humanos lucharían por su supervivencia de aquella manera. Que iban a exponerse a su propia extinción con tal de eliminar a los invasores. Por eso no tuvieron más remedio que lanzar un nuevo ataque, para controlar, en la medida de lo posible, nuestro avance, hasta conseguir una nueva generación de alienígenas fuertes y sanos.

La renovación de la especie les había traído muchas cosas buenas, pero había algo con lo que no habían contado: la impronta que el ser humano dejaría en aquella mezcla de laboratorio. En algunos de los individuos comenzó a aparecer una emocionalidad marcada, una curiosidad y una empatía que les llevaba a acercarse a los humanos, haciéndolos en ocasiones vulnerables y en otras reaccionarios y provocando distensiones entre ellos como no las había habido en miles de años.

Diana, desde que volvimos a estar juntas, evitaba hablar de Ungut. Sé que lo hacía por mí y se lo agradecía, pero, de alguna manera, no me gustaba que entre nosotras hubiera ningún tabú. Así que decidí sacar yo el tema para evitarle cualquier remordimiento.

- Deberíamos buscar a Ungut y a Nan. Hace semanas que no sabemos nada de ellos. No sé dónde se pueden haber metido, pero no creo que estén demasiado lejos. Pensé que, después de rescataros del complejo alienígena iban a salir a buscaros, pero no he visto ninguna nave sobrevolando esta zona. Todo continúa sospechosamente calmado -les dije, mientras le cogía la mano a Diana para que viera que no había problema en hablar del tema.

- Diana, ¿tú tienes idea de dónde puede estar Ungut? -preguntó Marcos.

Diana se mostró incómoda ante la pregunta de su hermano.

- No tengo ni idea -dijo sin pararse a pensar si había o no algún sitio donde él pudiera estar.

- Tampoco sabemos nada del barco, ni del resto de la gente que huyó con nosotros al monte. Es raro que, si leyeron la nota que les dejamos en el buzón, no se decidiesen a bajar de nuevo a la costa -dijo Lara, que estaba un poco molesta con sus compañeros marineros por no acudir, sabiendo que íbamos a emprender una misión peligrosa.

- Creo que deberíamos empezar por encontrar a Nan y a Ungut. Aunque nos cueste pensarlo, ellos tienen una parte humana. No eligieron nacer así, pero sienten como nosotros y dejarles a merced de esa raza, cuyo objetivo global anula a los individuos sólo por sentir debilidad por una parte de su yo que no proviene de sus creadores, sólo por ser un poco nosotros... ¿en qué nos convierte? -pregunté sabiendo lo incómodo de la pregunta.

- ¿Y los que no son como ellos? Todos esos alienígenas naranjas, adaptados a nuestra atmósfera, que buscan ocupar nuestro planeta sin importarles que para ello sus creadores nos hayan masacrado. ¿Con esos qué hacemos? -dijo Marcos.

- Quizá deberíamos estar seguros primero de que, de verdad, no les importamos. Los humanos no somos todos buenos, pero existió Gandhi, Jesucristo, la madre Teresa de Calcuta y todos ellos guiaron a auténticas masas humanas hacia el bien y, entre sus seguidores, había buenas y malas personas, pero sobre todo había esperanza, la que da sentir el corazón lleno de buenos sentimientos y libre de odio y rencor -le dije consciente de que había sonado como el locutor de *Radio María*. - Vale. Encontremos a esos dos y de lo demás ya hablaremos -dijo Marcos que no tenía más ganas de seguir en aquel debate sobre el bien y el mal.

Mientras debatíamos, los demás nos seguían como a dos oponentes en un partido de tenis, celebrando los tantos de uno y otro, pero sin decantarse claramente por ninguno de los dos. Todos menos Diana, que en otro momento habría participado activamente en el debate, pero que aún se sentía insegura para mostrar su posición, aunque todos teníamos claro cuál era.

- Mañana por la mañana Diana y yo saldremos a buscarlos. Mientras, otro grupo deberíais subir al monte y hablar con los demás. Contarles lo que ha pasado y tantear su postura al respecto de este tema -dije, retomando mi posición como una de las líderes del grupo.

- Amaya y yo subiremos a hablar con ellos. Pasaremos allí una noche para que el viaje no sea muy pesado -dijo Lara.

- Perfecto. Pues ahora bajemos un rato a la playa para relajarnos. Si queréis podemos llevar algo de cena -dijo Marcos, y todos estuvimos de acuerdo.

En la playa cogí a Diana de la mano apartándonos un poco del grupo.

- Ven, quiero hablar contigo, vamos a dar un paseo -le dije mientras tiraba de ella.

Noté su cara de preocupación.

- Mira, sé que te preocupa remover heridas, que piensas que me puedo sentir mal si veo entre vosotros demasiada cercanía o complicidad. Pierde ya el miedo Diana, yo te he perdonado, tú me has jurado que soy lo más importante en tu vida y yo he decidido creerte -le dije mirándola a los ojos.

- Me enamoré de ti por muchas cosas, pero no porque fueses una concubina sumisa- proseguí, mientras le daba un cachete en el culo y ella protestaba entre risas. - Tienes razón. Creo que sé dónde los podemos encontrar. Mañana te llevaré -me dijo mientras me llevaba hacia el agua con "perversas" intenciones.

La búsqueda de los dos alienígenas comenzó temprano. Cada una teníamos una idea de algunos lugares a los que podían haber ido, pero ninguna certeza, así que decidimos empezar a buscar primero por los más cercanos.

Encontramos evidencias de que habían estado en algunos sitios y eso nos dio una idea de hacia dónde habían podido dirigirse.

- ¡Mira! -exclamó, señalándome el suelo.

Se veían claramente un grupo grande de huellas que pertenecían a quince o más alienígenas y, tras unos setos, cercanas pero sin cruzarse, las que, sin ninguna duda, eran las suyas. Las seguimos. Terminaban en una zona asfaltada.

Ya era casi la hora de comer, decidimos hacer un descanso y seguir por la tarde. No parecía que fuera a ser fácil encontrarlos. Habíamos sido demasiado optimistas pensando que no se habrían alejado mucho de la zona.

Víctor estaba solo, haciendo la comida, y los demás, menos Lara y Amaya que se habían ido por la mañana, estaban fuera con las múltiples tareas que había que hacer a diario para mantener todo en condiciones.

Diana salió para echar una mano y yo me quedé cocinando con Víctor.

- Nuria, hace tiempo que quería preguntarte una cosa - me dijo ruborizándose ligeramente.

- Dime -le dije haciendo que no me daba cuenta del cambio de color de sus mejillas

- Me gusta Noe y quisiera pedirle salir -me dijo pidiéndome permiso.

- ¿Y tú le gustas a ella? -le pregunté

- Yo creo que sí, nos hemos dado la mano varias veces en la playa -me dijo convencido de que aquello era una señal inequívoca de que ella también sentía algo.

Me pareció muy tierno que me pidiera permiso. Víctor había aprendido de Marcos las artes de la galantería y Marcos era extremadamente delicado tratando a cualquier mujer y, sobre todo, a Clara, de quien estaba profundamente enamorado.

- Pues si lo que buscas es mi permiso, lo tienes. Eso sí, siempre que Noe también quiera -le dije sonriéndole.

- Gracias -me contestó mientras sonreía feliz y me daba un espontáneo abrazo.

Cuando terminamos de preparar la comida, salí a llamarlos. Estaba todo buenísimo. Víctor era uno de los mejores cocineros de la familia, tenía una habilidad innata.

Después de comer me salí al porche con Diana a tomar el café y le conté lo que me había pedido Víctor. Le pareció igual de tierno que a mí.

- ¿Vas a comentarle algo a Noe? -me preguntó.

- No, creo que eso lo deben solucionar entre ellos. Además, Víctor me ha pedido permiso, no ayuda -le dije sonriendo.

- Se nos hace mayor -me dijo Diana también sonriente.

Cuando terminamos el café, cogimos los caballos y seguimos buscando a Nan y Ungut a partir de donde nos habíamos quedado por la mañana. Estábamos a punto de llegar al lugar donde Diana pensaba que se habían podido esconder. Era una antigua mina abandonada en la que se ocultó con él cuando se enteraron de que habían dado orden de detenerlos. Diana me contó que fue entonces cuando se comunicó conmigo a través del objeto, cuando me pidió ayuda. Al día siguiente les tendieron una emboscada y los atraparon. Me quedé mirándola. Hacía tiempo que quería hacerle una pregunta cuya respuesta no estaba segura de querer oír, pero hasta no hacerlo no zanjaría definitivamente el tema. - Diana, necesito preguntarte algo -le dije sujetando su caballo para que parara al lado del mío.

Ella sabía de sobra lo que le iba a preguntar. Me miró.

- ¿Sentiste algo por Ungut? ¿Te enamoraste de él? -le pregunté bajando la mirada avergonzada de mi pregunta.

Se quedó un segundo pensando y al fin respondió.

- Me enamoré de la idea de liderar el movimiento pacífico que terminara con tanto sufrimiento y me sentí muy unida a él, pero nunca como amante ni como amado, si acaso como a un hermano. Nuria, yo nunca dejé de amarte. Sé que te cuesta creerme, pero ¿de verdad piensas que él podía competir con la suavidad de tu piel, con la dulzura de tu voz, con una sola de las curvas de tu cuerpo, con lo que siento cuando me miras con esos preciosos ojos? El día que te conocí y tiré de tu mano para meterte en aquel portal supe que no tendría que buscar más, que había encontrado a mi mitad, a mi complemento, a la única persona que podría bajarme a los infiernos y elevarme hasta tocar el cielo. Sé que piensas que me amas más que yo a ti, pero te equivocas -me dijo sin apartar ni un segundo la mirada.

Le sonreí, me dijo lo que necesitaba oír y yo decidí creerla. Nunca más volveríamos a hablar de aquello.

Llegamos a la mina. Diana no se equivocaba. Dejamos los caballos atados fuera y entramos. Hacía bastante frío dentro y estaba oscuro. Nos reconocieron enseguida y salieron los dos del escondite. Fuimos hacia ellos y los abrazamos. Fue algo instintivo.

-Vamos, coged vuestras cosas, os venís con nosotras - dijo Diana sin dar margen de réplica.

Cuando salimos a la luz me di cuenta de que estaban cambiados, parecían más humanos, sus rasgos se habían suavizado bastante aunque se les reconocía perfectamente. Me llamó la atención que a la entrada de la cueva hubiera una especie de cesto con frutas. Hasta donde yo sabía, ellos no comían, no tenían estómago ni intestinos, ni siquiera tenían dientes. Los subimos a nuestros caballos y volvimos a casa.

Cuando entramos estaban preparando la cena. Todos dejaron lo que estaban haciendo para recibir a nuestros invitados. Noté en sus caras que también se habían dado cuenta del cambio. Noe, que seguía siendo la más espontánea, se lo dijo.

- Estáis cambiados, os parecéis más a nosotros. Todos aprovechamos la coyuntura para confirmarlo. Ellos se miraron, sabían que estábamos en lo cierto. Ungut nos contó que, al poco de dejarnos, se empezaron a sentir mal: el sol y el agua, que hasta entonces habían sido suficiente alimento para ellos, no los saciaban; primero probaron bebiendo el jugo que sacaban de plantas y frutas y, poco a poco, fueron comiendo también la pulpa, al principio machacada como si fuera una papilla, pero enseguida brotaron de sus mandíbulas los primeros dientes. Aunque no podíamos ver en su interior, era obvio que habían desarrollado un sistema digestivo.

Parece que en la combinación genética que utilizaron los alienígenas no tuvieron en cuenta que se reflejaría una importante parte de nuestra naturaleza. Su proceso de maduración acelerado había ocultado el posterior desarrollo de los órganos internos. Así que aquello que les estaba pasando a ellos era muy probable que, antes o después, les pasara a todos los demás. Quizá algo así les sucedía a los que estaban en la playa, que casi no salían y, aunque no estaba segura, tenía la impresión de que eran menos.

Habría sido estupendo poder tener noticias de la evolución de los retoños del centro de investigación, pero hacía mucho tiempo que no sabíamos nada de ellos, pues, desde el ataque, no habíamos vuelto a ver a nuestros amigos marineros, cosa que nos preocupaba sobremanera.

En el tiempo que habían estado solos, Ungut había enseñado a Nan a hablar nuestro idioma; hablaban un poco como los indios, pero nos entendíamos bastante bien. Diana a veces les hablaba en su idioma y todos poco a poco fuimos aprendiendo algunas frases. Ellos mejoraban, todo hay que decirlo, mucho más que nosotros.

Al principio solo comían vegetales, les daba cierta aprensión comer carne, pero fueron progresivamente incorporándola a su dieta hasta comer lo mismo que nosotros.

Amaya y Lara, habían vuelto hacía unos días. Las cosas no habían ido bien: su tía Almudena había leído la nota que dejamos en el buzón y se la había ocultado a los demás. Cuando Amaya le pidió explicaciones, le dijo sencillamente que no quería que sus hijos pensaran que "ese tipo de relaciones" eran sanas ni normales, que ella podía hacer lo que quisiera con su vida, pero que no tenía intención de volver con nosotros ahora que había formado su propia familia. Almudena siempre fue una retrógrada, así que no nos extrañó. Le dijimos a Amaya que lo olvidase, que ahora eran parte de nuestra familia y que nosotros la queríamos y también a Lara.

Por lo que respecta al resto de los marineros, al no tener noticias nuestras, habían decidido volver a la base de Zaragoza para reunirse con el general, con la esperanza de que el campamento hubiese resistido el ataque de los alienígenas.

Yo sabía que Amaya hacía mucho tiempo que estaba distanciada de su tía. Lara la cuidaba mucho y con nosotras se sentía mejor que con su familia de sangre, así que no le costó demasiado pasar página. Ese día estábamos haciendo limpieza general en la casa y Noe y Víctor se habían ido a la playa a pescar. De pronto llegó Noe corriendo y gritando:

- ¡Están todos muertos!

Venía casi sin aliento, se notaba que no había parado desde la playa.

- Respira -le dije.

- ¿Quiénes están muertos? -preguntó Marcos

- Todos los de la playa, los alienígenas -dijo atropelladamente.

Nan, que había bajado al oírla, preguntó:

- ¿Todos?

- Sí, vimos a uno salir de la nave y se desplomó delante de nosotros. Luego nos fijamos y había dos más tirados en la arena. Subimos a las otras naves y dentro estaban todos muertos -dijo conmocionada por la escena.

- ¿Dónde está Víctor? -preguntó Amaya.

- Se ha quedado abajo intentando reanimar al último, pero yo creo que no lo va a conseguir -dijo.

Cogimos los caballos y nos fuimos todos a la playa. Cuando llegamos encontramos a Víctor con el alienígena. Aún estaba vivo. Miró a Nam reconociéndola. Ella lo tranquilizó y sacó una botella con zumo de frutas. Él bebió y recobró ligeramente el color. Miraba incrédulo la reunión interracial.

Amaya y Lara se fueron a por el coche para llevarlo a casa. Lo levantamos con cuidado. Lo único que le pasaba era que había estado a punto de morir de hambre, como los demás, y, en vez de salir a buscar alimento, habían ingerido grandes cantidades de agua salada, lo cual les había producido una terrible deshidratación. El nuevo alienígena se llamaba Sem. Primero dejamos que sus congéneres lo cuidaran y le explicaran la relación que teníamos; poco a poco fue fiándose también de nosotros y aprendiendo algunas palabras. A los diez días ya estaba bastante bien como para levantarse a comer con todos. Se le notaba un gran cambio de actitud: habíamos dejado de ser sus enemigos.

De pronto se me ocurrió una idea. Salí fuera, vi que Ungut estaba limpiando el establo y me acerqué. - Ungut, ¿todos vosotros podéis pilotar las naves? -le pregunté.

- No todos, sólo los que proceden de Caid Manah -me contestó.

- ¿Y alguno de vosotros procedéis de Caid Manah? - insistí.

- Sí, Sem -me dijo.

Quería madurar la idea antes de exponerla y quería hablar primero con Diana y Marcos. Los tres seguíamos siendo los que tomábamos las decisiones importantes y asumíamos la responsabilidad de las mismas, para bien y para mal. Vi que estaban fuera y les hice una señal para que se acercaran.

- Necesito hablar tranquilamente con vosotros. Creo que ha llegado el momento de pasar a la acción. Tenemos varios temas sin resolver y tengo una idea que quizá nos facilite las cosas -les dije.

- Tú dirás -dijo Marcos.

- Preferiría que fuera con más calma, son muchos temas y decisiones importantes. ¿Os parece que nos reunamos esta noche después de cenar, en una de las casas pequeñas? -les pregunté.

Estuvieron conformes.

Sobre las diez nos encontramos en el lugar acordado. Diana trajo algo de beber, rememorando viejos tiempos en los que tomábamos las decisiones juntos frente a una botella de whisky. - Entre otras cosas, quería recordaros que, cuando decidimos salir a buscar a Ungut y Nan, no era sólo por ayudarlos a sobrevivir, teníamos un plan más ambicioso que parece que se nos ha olvidado: luchar por la convivencia pacífica de las dos especies. Pero hay algo con lo que no contábamos que pienso que cambia bastante las cosas -les dije.

- ¿Qué es? -preguntó Diana. - Que necesitan comer. Que algunos están muriendo por no hacerlo, pero que, antes o después, se darán cuenta de que, si lo hacen, vivirán y eso va a ser un problema -les dije.

- Tienes razón. Va a ser un problema y dependiendo de cuántos sobrevivan puede ser un problema gravísimo -dijo Marcos, echándose las manos a la cabeza.

- Yo sólo veo dos soluciones; exterminarlos o enseñarles a generar su propio alimento, porque, si no lo hacen, vendrán a por el nuestro. En cualquier caso deberíamos, desde este momento, empezar a almacenar alimentos para nosotros en algún lugar seguro -les di e preocupada. -Deberíamos hablar con Ungut, Nan y Sem pues ellos pueden ayudarnos a enseñar a los que sobrevivan a valerse por sí mismos -dijo Diana intentando buscar una solución pacífica.

- Por otra parte no sabemos nada de la gente tras el ataque... quizás hayan podido huir a las montañas; ni de la suerte que hayan corrido nuestros amigos del *Reina Sofía*. Deberíamos volver a intentar comunicar con ellos por radio -les dije mirando especialmente a Marcos.

- Y ¿cuál era la idea que habías tenido? -me preguntó Diana.

- Aún no tengo muy claro para qué podríamos utilizarlas, pero le he preguntado a Ungut si pueden pilotar las naves que hay en la playa y parece ser que Sem sí puede -les dije.

- ¿Sólo Sem? -preguntó Marcos.

- Sí, tiene que ver con la familia de alienígenas de la que proceden, no sé si es por un tema biométrico, igual que los accesos, o por un conocimiento transmitido, pero parece ser que sólo algunos de ellos pueden pilotar -le contesté.

- Tendríamos que saber algo más de las posibilidades de las naves, pero, como mínimo, nos podrían servir para sobrevolar la zona y buscar supervivientes humanos y alienígenas -dijo Diana. - Bueno, debemos hablar primero con la familia para informarles de la situación y escuchar sus sugerencias; después hablaremos con los tres alienígenas - dijo Marcos.

En eso quedamos, en hablar al día siguiente con todos. Marcos se fue a reunirse con Clara, que le esperaba hacía rato, y Diana y yo nos quedamos un rato más terminando la copa.

- Estás preocupada, ¿verdad? -me preguntó Diana.

- Sí, bastante. Podemos encontrarnos en una situación muy complicada. Cuando os rescatamos del complejo alienígena, había miles de nuevos retoños dispuestos a salir al exterior en poco tiempo y supongo que habrá muchos más distribuidos por el planeta, produciendo nuevos seres. Eso son millones de bocas por alimentar, millones de seres inútiles, sin conocimientos de agricultura, ni ganadería, ni pesca. Seres que pueden pensar que su única opción es coger lo que los pocos seres humanos que hemos sobrevivido hemos conseguido cultivar y recolectar, con mucho esfuerzo. Y una de dos, o nos esclavizan o acaban con todas las existencias, con lo cual moriríamos tanto ellos como nosotros. Así que sí, estoy bastante preocupada -le dije.

- Pero nosotros tenemos una ventaja. Conocemos el terreno y, además, tenemos armas. El gas con el que nos exterminan también mata a los naranjas, Ungut me lo dijo. Pronto no tendrán suficientes naves para mantenerlos a todos en el aire, con lo que su única defensa contra nosotros quedará muy limitada si no quieren exterminar también a su raza -dijo, adoptando una posición en la que hace ya mucho tiempo que no la veía: defender al ser humano frente al resto.

A mí me preocupaba otra cosa, nuestra relación con los tres alienígenas. Ahora mismo era inmejorable, más que aliados éramos amigos. Pero ¿cómo reaccionarían si para salvarnos tuviéramos que exterminar a los suyos? No quería adelantar acontecimientos, así que preferí no sacar el tema de momento. Al final de la velada cambiamos de tema y nos pusimos a recordar alguno de los grandes momentos que habíamos vivido juntas para no irnos a la cama con la angustia de lo que se nos venía encima.

Por la mañana reunimos a los chicos y les contamos la situación. Ahora éramos muy pocos y, si había que luchar, nadie podría mantenerse al margen. Lo primero que teníamos que hacer era reforzar el sistema de defensa y adaptarlo a ocho personas y luego almacenar suficiente alimento para sobrevivir una larga temporada, por si las cosas se torcían.

Después, deberíamos contactar con los demás humanos, contarles nuestros temores y organizarnos. Y, por último, ver si podíamos llegar a acuerdos con los alienígenas que sobreviviesen a su metamorfosis interna.

Llamamos a Ungut y a Nan pues aún no confiábamos tanto en Sem como para hacerle partícipe de algo así. Estuvimos hablando con ellos largo y tendido. De lo único que no comentamos nada fue de la posibilidad de aniquilarlos, aunque de sobra sabían que, si nos veíamos acorralados, lo haríamos. La duda era más para ellos que para nosotros: llegado el caso, ¿al lado de quién se pondrían?

- ¿Qué distancia pueden recorrer vuestras naves? -

preguntó Marcos.

- Dentro del planeta no tienen límite. Si lo abandonáramos, en el espacio exterior necesitaríamos el remolque de una nave nodriza para obtener la velocidad y potencia necesarias -contestó Nan

- Nunca os lo he preguntado, pero ¿cuál era la actividad de la familia de la que cada uno procedéis? -pregunté, intrigada por sus habilidades heredadas.

- La mía es científica y Ungut procede de los primeros legisladores -contestó de nuevo Nan.

La verdad es que cuadraba bastante con su carácter y con la manera de enfocar los acontecimientos que había mostrado cada uno.

- ¿Y Sem? -preguntó Diana.

- Él procede de los guerreros. Perdieron mucha fuerza cuando la población disminuyó y, poco a poco, se fueron especializando en tareas de pilotaje y vigilancia, también son los encargados de gestionar el gas. Lo único que les queda de su pasado militar es el látigo, que se les permitió conservar como símbolo de su estatus - dijo Nan.

- Es el látigo con el que te hirieron -le dijo Ungut a Diana.

- Pero Sem no tiene ningún látigo -dijo Diana.

- Aún no, la ceremonia de entrega no se produce hasta que se alcanza la madurez; es un arma peligrosa y hay que estar preparado para saber cuándo usarla y cuándo no hacerlo -contestó Ungut.

- Y ¿cómo es posible que sepáis todas esas cosas si apenas habéis convivido con los otros? -le pregunté a los dos.

- En la etapa de nido, a la par que el crecimiento, se va introduciendo toda la información en nuestra memoria; de esta manera, por muchos individuos que mueran, siempre queda alguno que preserva y garantiza la supervivencia de la raza -dijo Nan.

- Es un poco siniestro -afirmó Marcos.

- Quizá -confirmó Ungut.

Esa misma tarde comenzamos la búsqueda, nosotros por tierra y los alienígenas por aire. Además de traer a casa provisiones, establecimos varios almacenes temporales en lugares que podíamos cerrar para evitar el pillaje, de los alienígenas o de otros humanos.

Ahora mismo sobraban alimentos: aparte de los que nosotros producíamos, había, entre otras cosas, gran cantidad de conservas y comida deshidratada en las tiendas, que aún estaba en buen estado a pesar de que habían pasado más de dos años. Mientras cogíamos las conservas, me reí pensando en cómo se las arreglarían los alienígenas para abrir una lata de espárragos.

De los humanos que había cerca de nosotros no quedaba ni rastro. Ni siquiera los cuerpos de aquellos a los que les pilló la nube de gas. Seguramente las ratas, o los perros salvajes, que vagaban en manadas, se los habrían llevado, felices de conseguir comida sin esfuerzo. Porque lo que sí encontramos fueron algunos coches en mitad de la carretera, con las puertas abiertas, como si los hubiesen abandonado precipitadamente.

En la cena nos reunimos todos para informar de lo que habíamos visto. Nosotros traíamos pocas novedades, pero ellos, sin embargo, habían encontrado tanto supervivientes humanos como naves alienígenas. Cogimos un mapa y marcamos los lugares donde nos dijeron que estaban. Los humanos estaban en su mayoría en las montañas, pero no pudieron decirnos cuántos había porque, al ver la nave, la mayoría se ponía a cubierto; pero por el número de grupos detectados, calculamos que habría más de ciento cincuenta en un radio de unos treinta kilómetros. Respecto a los alienígenas, todos los que encontraron estaban muertos. Parece que, de momento, no se les ocurría comer. Quizá no tener delante el ejemplo de los humanos y la grabación, en su temprana memoria, de que sus alimentos eran el agua y el sol, les impedía pensar en otras posibilidades. Sé que sonará cruel, pero yo me alegraba que así fuera.

La búsqueda continuó durante varios días. Nosotros nos dedicábamos a contactar con los humanos que Nan, Sem y Ungut localizaban, y reparamos varios equipos de radio que repartimos para facilitar las comunicaciones. Nos hicimos fuertes gracias a ellos.

Empezamos a tantear para ver que reacción suscitaba la idea de que algunos de esos alienígenas fueran nuestros aliados y las conclusiones que sacamos fueron que, la mayoría, no estaban preparados para afrontar esa alianza. Por este motivo no les informamos de que estaban muriendo porque cada vez se parecían más a nosotros.

Uno de los días que volvieron de su expedición traían una historia espeluznante. En uno de los grupos de naves que habían encontrado, los alienígenas no habían muerto de hambre, no todos. Entre ellos se había desatado una lucha al estilo más primitivo, con piedras y palos, y al menos cuatro habían salido con vida de la batalla por las huellas que había cerca de las naves y el número de cadáveres que quedaron. Pero lo peor de todo es que los vivos, alguno o todos ellos, se habían comido a sus congéneres o, mejor dicho, se los habían bebido, dejándolos prácticamente momificados.

El escenario era aún peor que el de que se comiesen nuestra comida: si se extendía el ejemplo, nosotros pasaríamos a ser el menú, y eso sí que no lo podíamos permitir.

- Hay que ir a por ellos -dijo Marcos sin dudarlo.

- Estoy de acuerdo -dije yo, y el resto de la familia me secundó, incluida Diana.

- Pero ¿para matarlos? -preguntó Nan.

- Bueno, deberíamos al menos capturarlos. Si se acercan a

cualquier grupo de humanos, les volarán la cabeza antes de que den dos pasos y, si por lo que sea, consiguen su objetivo y se comen a alguien, después nos será imposible convencer a los demás de que es posible una alianza con vosotros -les dije intentando que no pareciera una caza de brujas.

- Sí, tenéis razón, debemos encontrarlos antes de que las cosas se compliquen más -dijo Diana, mientras se apoyaba en Nan y Ungut con una delicadeza extrema, que resultaba a la vez comprensiva y tranquilizadora.

-Está bien, iremos a buscarlos. Pero ¿cómo los atraparemos sin hacerles daño? -preguntó Ungut.

- Lo primero es localizarlos. Nos dividiremos en dos grupos: Ungut, Clara, Victor y Noe, vendréis conmigo; el resto con Nuria - dijo Marcos, mientras sacaba el mapa para calcular la zona en la que podían estar, teniendo en cuenta que iban andando.

Cinco contra cuatro no nos daba demasiada ventaja.

- Somos pocos como para acorralarles, deberíamos llevar los rifles de dardos tranquilizantes. Aunque deberíamos intentar primero el camino del diálogo -dijo Diana.

- Nos llevaremos a los perros, así haremos más presión - les dije.

Hacía tiempo que varios perros se acercaban a nosotros. Seleccionábamos a los más dóciles, los tratábamos bien y les dábamos de comer; a cambio ellos cuidaban del ganado y vigilaban el entorno de la casa. Algunos se limitaban a estar por allí, pero había varios que nos seguían y cuidaban; entre ellos estaba el que había sido mi compañero en los tiempos difíciles. Habíamos, de alguna manera, recuperado la ancestral relación entre el ser humano y el can.

Terminado de trazar el plan, cogimos todo aquello que podíamos necesitar y salimos a buscarlos.

No podíamos llevar los caballos porque estábamos

demasiado lejos, así que fuimos con las motos y dos coches. Yo iba con Diana en la moto, hacía tiempo que ella me había cedido el papel de piloto, no porque mi pericia fuese mayor que la suya, sino porque su manera de amar era esa. No íbamos muy rápido, pero ella se aferraba a mí como quien se jugara la vida en cada curva, y yo tumbaba orgullosa ¡cómo sino!

Al llegar a la zona de búsqueda, lo que encontramos de camino nos fue dando una idea de a qué nos enfrentábamos. Aquellos seres habían decidido sobrevivir y, para ello, se iban a enfrentar a lo que fuera. Actuaban como una manada de lobos.

El peor de los escenarios apareció enseguida ante nuestros ojos: en la primera granja habían matado cruelmente a todas las bestias, pero no sólo eso, una niña de apenas cinco años yacía en el suelo, sin vida. La imagen, incluso para el mundo en el que vivíamos, era dantesca, dura, rompía el corazón. Sentí como todas las justificaciones que había preparado reventaban contra el suelo, sin argumento, sin alma, sin más salida que la venganza. ¿Y ahora qué? Miré a Diana para aferrarme a sus eternas esperanzas, pero estaba llorando, igual que yo.

Ungut se acercó al cuerpo sin vida de la niña, lo movió con cuidado buscando un despertar que no llegó.

Dejé el rifle a un lado y me adentré en el bosque sin ganas de perdonar; Marcos y Víctor me siguieron; Diana contuvo a los demás, no hacían falta más testigos. Los perros, fieles y sin miedo, acorralaron a las presas y no hubo perdón. Vengamos a la víctima y lo hicimos sin remordimiento: así fue.

Cuando salimos, nadie comentó nada. Me acerqué a Nan y le pedí perdón, ella abrió su mano y yo le entregué el látigo con el que el hijo de Caid Manah intentó matarme y el puñal con el que yo le maté. Y así limpie mi alma.

De camino a casa le pedí a Diana ir a la playa. Necesitaba soltar aquel tremendo peso y sólo ella podía ayudarme. Nos paramos en la orilla, el sol caía sin remedio y yo, cubierta de sangre y decepción, miraba al infinito buscando el perdón. Me metí en el mar arrancando de mi cuerpo toda aquella muerte y Diana, una vez más, me tendió la mano con la que me aferraba al mundo y tiró de mí para que no me fuera. Me di cuenta entonces de por qué la amaba tanto.

A todos nos costó mucho olvidar aquel día.

El equilibrio

Desde el episodio caníbal y su posterior desenlace, la relación con nuestros amigos alienígenas había sido un poco más tensa que antes. Incluso Diana se había visto afectada por todo aquello. Finalmente, unos y otros, para no deteriorar más la relación, decidimos que ellos debían buscar algún sitio donde vivir, cerca pero a la par fuera de nuestra casa. Les ayudamos a encontrar una casa y les proporcionamos todo lo necesario, permitiéndoles coger animales y plantas hasta que pudiesen valerse por sí mismos.

Seguíamos coordinando juntos las misiones de búsqueda y apoyando su objetivo de acuerdo amistoso, pero algo se había roto aquel día y ninguno queríamos tener que decidir entre ellos y un humano. Era mejor así.

De alguna manera volvimos a recuperar una intimidad que, desde que habían aparecido en nuestras vidas, habíamos perdido.

Aquella tarde estábamos solas en el porche, aquel en el que ella me esperó tantos días.

- Nuria, sabes que te quiero, pero ¿sabes por qué me muero por ti? -me peguntó de pronto Diana.

- Porque soy irresistible -le contesté sonriendo.

- Desde luego, lo eres. Pero ¿sabes por qué? -volvió a preguntarme y estaba claro que no esperaba respuesta.

La miré y esperé.

-Me muero por ti porque no tienes filtro, amas, odias, luchas y lo haces tan sinceramente que es imposible no seguirte al fin del mundo. Eres tan tierna y tan salvaje, tan tú. Cada paso que das siento que lo haces por mí, por el mundo, por la justicia y da igual si te equivocas, porque tu corazón es tan puro que no es posible contaminarlo -me dijo y sonó tan rotundo que parecía verdad. Decir algo habría sido pretencioso, incluso grosero, así que callé y me limité a quererla. Hacía tiempo que sabía por qué éste era mi lugar en el mundo.

Los días pasaban y no avanzábamos nada, la amenaza de millones de nuevos seres hambrientos seguía latente y, aunque de momento parecía contenida, todos sabíamos que sólo era cuestión de tiempo. Los alienígenas habían llegado a nuestro planeta para sobrevivir y daba igual cuántos clones tuviesen que fabricar, antes o después lo conseguirían. Y, por muchas alianzas que forjásemos con los pocos humanos que quedábamos, no iban a ser suficientes para contenerlos.

Teníamos que atacar a la raíz del problema, debíamos volver a la guerra y destruir todos los centros de reproducción que fuera posible. Teníamos que hacer algo terrible, olvidar a Nan, Ungut y Sem, olvidar que aquellos seres eran en gran parte humanos, ser el *homo sapiens* y dejar morir al *neardental*. Olvidarnos de la evolución y demostrar la supremacía de nuestra especie.

Teníamos listas las pinturas de guerra, pero nos hacía falta un líder y nadie quería serlo.

Un día, sin que nadie lo quisiera, comenzó la batalla de la manera más ingenua e inesperada que se pudiera imaginar. La gente había empezado de nuevo a bajar a la costa desde las montañas. Un grupo familiar se encontraba cenando en la playa cuando la décima hornada de mestizos comenzó a sentir hambre. Los vieron comer, quisieron hacer lo mismo y les robaron la comida. Los humanos, hartos de la dominación, reaccionaron de manera desmedida ante el hurto, y esta fiebre virulenta se extendió entre unos y otros hasta que ya nadie supo quién fue el primero. Luchar, robar, comer, sobrevivir...el mismo fin para todos los principios.

Nuestra familia era un referente para casi todos los humanos de la costa. Por este motivo vinieron a buscarnos para coordinar el ataque. Querían acabar con el origen del problema y nadie tenía más información ni más experiencia que nosotros en muchos kilómetros a la redonda.

Citamos a los representantes de todos los grupos. Teníamos que plantearles todos los dilemas morales. No era justo que sólo nosotros cargáramos con ese peso. La mayoría de ellos desconocía incluso por qué habían venido los alienígenas a nuestro planeta. Debíamos contarles que en algunos de ellos había un corazón generoso, tanto como para arriesgar su vida por salvar a un humano. Y, si después de eso la decisión era ir a la guerra, que la conciencia de cada uno le dictara cómo actuar.

Para aquella reunión citamos a Nan, Ungut y Sem. Nos aseguramos de que nadie trajese armas, fue una condición para asistir. De ninguna manera íbamos a permitir que resultasen heridos, aunque ellos sabían que había cierto riesgo porque los ánimos estaban muy caldeados. Pero era importante que la gente los conociese, que entendiesen que ellos eran tan víctimas como nosotros y que, de alguna manera, lo que querían hacer era asesinar a miles de seres que tenían, igual que ellos, una parte de humanos, y que no habían elegido nacer allí, pero que estaban vivos.

Esperamos a que estuvieran todos y, cuando pensamos que ya no iba a venir nadie más, cerramos las puertas y empezamos con nuestro relato. Era necesario, antes de presentarles a nuestros amigos, contarles cómo y por qué los habíamos conocido. Cómo eran y qué sentían por el ser humano, cómo fueron repudiados por los invasores y hasta dónde estuvieron dispuestos a llegar para salvar a Diana. Presentarlos como los seres empáticos e inteligentes que eran, como unos posibles aliados para alcanzar la paz.

Aún así sabíamos que iba a ser difícil convencerlos, conseguir que confiaran en ellos como nosotros lo hacíamos, pero había que intentarlo.

Dejamos, antes de presentárselos, que nos hicieran tantas preguntas como les surgieran al respecto, que aclarasen todas sus dudas y, cuando pensamos que estaban relativamente preparados, los hicimos pasar.

A pesar de todas las precauciones que habíamos tenido, se montó un buen revuelo, algunos incluso se levantaron y amenazaron con marcharse si aquellos seres seguían allí. Poco a poco fuimos consiguiendo que el foro se tranquilizara y les dejara hablar.

Les contaron por qué habían venido los alienígenas a nuestro planeta y cómo habían combinado su ADN con el nuestro, siendo ellos el resultado, seres mestizos, ni alienígenas ni humanos. Les hablaron de cómo la dificultad inicial para identificarse con el hombre iba desapareciendo a medida que sus cuerpos se transformaban, hasta llegar a ser más parecidos a nosotros que a sus creadores. De cómo se transformaban sus mentes, demostrando habilidades y sentimientos propios de un humano. Y cómo, llegado un momento, les era prácticamente imposible no empatizar con nosotros.

Por último, les dijeron que, si la guerra llegaba, se presentarían como seres de paz, que no lucharían contra los humanos, pero tampoco podríamos pedirles que lo hicieran contra los suyos.

El discurso de los tres fue muy parecido, aunque Ungut llevó siempre la iniciativa en los temas más diplomáticos y Nan en la explicación de los hechos científicos. Sem fue el que menos intervino, su procedencia de la casta de guerreros no era la más indicada si lo que queríamos dar era una imagen inofensiva.

Tampoco queríamos transmitir una imagen equivocada,

no todos aquellos seres presentaban los buenos principios de nuestros amigos. Le contamos a la gente lo que pasó con los cuatro caníbales y cómo terminamos con ellos, para que no hubiese dudas de nuestra postura, ni tampoco de la de Ungut, Nan y Sem.

Al final, los tres se marcharon para que la gente pudiese expresar con sinceridad lo que pensaba respecto a una posible alianza. También para darles tiempo a ponerse a salvo: no todos en la reunión veían aquello con buenos ojos; la tensión era evidente.

Acordamos por mayoría dar una oportunidad a la negociación, pero el margen fue pequeño. Si en un mes no conseguíamos un avance notable, atacaríamos los complejos de los alienígenas, llevándonos por delante todas aquellas vidas.

Yo sabía que una parte del arrojo que demostraban era porque no habían visto todas aquellas cápsulas, tan parecidas a las incubadoras de cualquier hospital, ocupadas por los retoños alienígenas, que eran, por otra parte, muy parecidos a nosotros en un estadio temprano. Pero entrar allí era demasiado complicado como para enseñárselo. Más después de que salváramos a Ungut y Diana. Estaba segura de que habrían reforzado la seguridad.

Durante el mes de tregua nos esforzamos muchísimo en intentar el diálogo. Se nos unieron varias familias de las más moderadas y conseguimos que un par de grupos de alienígenas mestizos entendieran que, si querían sobrevivir, tenían que imitar a los humanos, cultivar, pastorear, pescar y entrar en la sociedad del trueque, igual que hacíamos nosotros. Pero la mayoría desconfiaron. Consideraban a Ungut, Sem y Nan unos traidores a su raza. Llegaron a morir de hambre ante nuestros ojos por no fiarse de sus consejos. Por otra parte, tuvimos varios enfrentamientos con los rojos, empecinados en su objetivo, pero cada vez más débiles por la larga exposición a nuestra atmósfera, a pesar de los respiradores. Despojados de su mejor arma, el gas mortal, recuperaron a los descendientes de Caid Manah y formaron ejércitos, pero eran débiles. Por mucha casta que tuvieran, no habían recibido ningún entrenamiento y, salvo en el cuerpo a cuerpo, poco tenían que hacer contra las armas de fuego. Nos superaban en número, eran muchos, muchísimos y a veces conseguían su victoria, sin importarles que para matar a un humano hubieran sacrificado a cien de los suyos.

Con los datos que íbamos recabando en las misiones de paz y de guerra, pudimos hacernos una idea de la proporción de alienígenas rojos y naranjas que había por nuestra zona, respecto a seres humanos. Aproximadamente había, por cada humano, cincuenta naranjas, sin contar los que tenían en el complejo, y, como caían como moscas, eran sustituidos por otros tantos recién llegados al mundo, por lo que el número apenas variaba. En los rojos la relación era de mil a uno; en las batallas morían de veinte a treinta por cada humano que luchaba, pero seguía habiendo una aplastante superioridad alienígena.

La natalidad entre nosotros era muy baja. Casi nadie quería traer niños a este mundo. Demasiado incierto el futuro y peligroso el presente. A pesar de que teníamos hospitales en los que no tendría por qué haber ninguna espera, la mayoría de los sanitarios habían muerto y, al menos por nuestra zona, no había más que un par de médicos rurales y algunos enfermeros.

El mes de plazo pasó mucho más rápido de lo que hubiésemos deseado. Tres días antes de que terminase invitamos a Nan, Ungut y Sem a cenar con nosotros para prepararnos para lo que iba a venir. Una hora antes de lo convenido se presentaron en casa Ungut y Nan.

- Habéis venido pronto -dijo Diana, que estaba en la cocina preparando la cena.

- Tenemos que hablar con vosotros -dijo Ungut con el rostro serio. Diana nos llamó y todos entramos en la casa.

- ¿Qué ocurre? -preguntó Marcos, sospechando que algo pasaba.

- Creo que Sem nos ha traicionado -dijo Ungut.

A ninguno nos extrañó demasiado. Al fin y al cabo, Sem no había terminado con ellos por ningún motivo superior, sólo por hambre. Y ante la perspectiva del inminente ataque de los humanos, decidió ponerse al lado de los suyos. Era comprensible pero peligroso. Tenía demasiada información y, al fin y al cabo, a él no lo buscaban como a Nan y Ungut: podría valerse de lo que sabía para alcanzar una posición de poder.

- ¿Por qué lo pensáis? -pregunté.

-Hace días que desaparece de vez en cuando y tarda varias horas en volver. Nos dijo que iba a pescar, pero siempre volvía con las manos vacías. Ayer le seguimos. Se reunió con un oruláh -dijo Nan.

- ¿Qué es un oruláh? -preguntó Diana.

-Vosotros los llamáis los "rojos" -dijo Ungut con cierta sorna.

Me pareció increíble que nunca nos hubiésemos parado a pensar cómo se llamaban a sí mismos los alienígenas.

- ¿Y qué significa? -pregunté.

-Piel roja -dijo Nan, y luego miró a Ungut y se rieron los dos. Acababan de tomarnos el pelo, fue la primera vez que les vi hacer una broma. Al darnos cuenta nos reímos todos y eso relajó un poco la tensión.

-Le hemos dicho a Sem que nos adelantaríamos para traeros algunas frutas de nuestro manzano, pero debe estar al caer. Sólo queríamos advertiros para que no contarais nada delante de él -dijo Ungut de nuevo serio.

-Si os parece, podemos decir que hemos hablado con las familias y que están dispuestos a posponer el ataque un mes más. Eso nos dará algo de margen para ver qué hacemos. Mañana, cuando él se vaya, volved aquí y hablaremos tranquilamente -dijo Marcos, y todos estuvimos de acuerdo.

Cuando llegó Sem, traía puesto el látigo. Estaba claro que no se fiaba demasiado. Le saludamos como si no pasara nada y seguimos el plan acordado. La cena, ante la supuesta falta de urgencia, fue muy distendida y tan sólo comentamos pequeñas anécdotas de nuestra búsqueda diaria.

Al día siguiente, tal y como habíamos quedado, vinieron Nan y Ungut. Sem había salido temprano por la mañana; suponían que habría ido a informar a los oruláh de que la tregua iba a durar un mes más. A mí, más que el hecho de que les avisara, lo que me preocupaba de verdad era que les diera otro tipo de información sobre nosotros, sobre nuestra ubicación, nuestras armas, cuántos éramos, y que decidiesen adelantarse a nuestro ataque. Había que hacer algo y había que hacerlo ya.

Cuando se fueron los dos, salí a hablar con Marcos.

- Tenemos que volar el complejo -le dije en voz baja para que nadie, ni siquiera Diana nos oyera.

- Lo sé, llevo desde ayer pensándolo. Lo haremos esta noche, cuando todos duerman -me dijo y me pidió que le acompañara a la parte de atrás de la casa.

En un cuarto, que durante la cosecha habíamos utilizado como almacén pero que ahora estaba vacío, había acumulado una gran cantidad de explosivo. Era suficiente como para volar todo el complejo. Fabricó unos temporizadores para poder hacerlo a distancia, pero, si íbamos los dos solos, tardaríamos al menos dos horas en colocarlo, y tendríamos además que ir y volver, eso eran dos horas y pico más. Era bastante improbable que pudiésemos hacerlo sin que Clara y Diana se diesen cuenta de nuestra ausencia. Pero los dos sabíamos que, si se lo decíamos, pondrían el grito en el cielo. Y no sólo eso, si algo iba mal, no habría manera de avisarlas. Debíamos meditarlo un poco más. Las tantearíamos durante la comida hablando del hipotético caso de que lo hiciéramos, no desde luego esa noche, sino en una fecha indefinida, y por la tarde tomaríamos una decisión.

Así lo hicimos y me chocó ver que Diana no se oponía apasionadamente. Estuvo bastante callada, escuchó lo que decíamos sin decantarse a favor ni en contra. Para intentar provocar alguna reacción por su parte, llegué incluso a hablar de ello con una crueldad que era impropia en mí. Pero ella permaneció impertérrita ante mis palabras. Terminamos de comer y yo estaba todavía más confusa que por la mañana.

Diana me dijo que aquella noche tenía antojo de un buen pescado y me pidió que la acompañara a la playa. Me pareció perfecto, el mar casi siempre me aclaraba las ideas. Nos sentamos en las rocas y echamos las cañas para esperar a que picaran.

- Me siento bastante decepcionada con Sem -me dijo mientras esperábamos a cobrar nuestra presa.

- Yo también después de lo que hicimos por él; me parece increíble que sea un traidor -le dije mostrándole lo molesta que estaba.

En seguida me di cuenta de lo que estaba pasando. Diana era muy apasionada, tanto que podía resultar extremista. Se entregaba hasta el límite por una causa, pero un giro inesperado, o una decepción, podían trasladarla a una posición diametralmente opuesta.

- Nuria, te conozco más de lo que nadie lo ha hecho jamás, y a mi hermano, te puedes imaginar. Y no sé si Clara es tan ingenua como para no darse cuenta de lo que queréis

Raza Humana: El legado de Ungut © María Las Heras, [2019]

hacer, pero desde luego yo no lo soy -me dijo dejando claro que su falta de reacción tenía un porqué.

Para mí aquello era una liberación, no me sentía nada bien ocultándole algo así.

- Tienes razón -le dije arrepentida de no haber hablado con ella antes.

- Bueno, ahora cuéntame el plan. Iré con vosotros -me dijo sin dejar margen a ninguna protesta por mi parte.

Mientras le contaba a Diana lo que íbamos a hacer, sentí que un tremendo pez picaba mi anzuelo, le pedí ayuda para sacarlo: era una lubina enorme, tanto que faltó poco para que fuéramos nosotras las pescadas y no ella.

Volvimos a casa con la cena en una mano y un plan suicida en la otra.

Cuando estábamos a punto de entrar Diana me dijo:

- Creo que no es justo ocultárselo a la familia, nunca hemos actuado así. Si tomamos una decisión como esta, la afrontaremos juntos, como siempre hemos hecho -

Antes de cenar hablamos con Marcos primero y con todos después. El plan cambió bastante. Iríamos todos. Lara, Clara y Diana nos ayudarían a colocar las cargas explosivas y Amaya, Noe y Víctor, vigilarían los alrededores y tendrían los coches dispuestos para salir de allí lo más rápido posible.

En cuanto se puso el sol cargamos el explosivo en los coches y salimos sin pensárnoslo demasiado. Tuvimos que dar un pequeño rodeo para no pasar por delante de la casa de los tres mestizos.

Al llegar, me di cuenta de que no recordaba lo inmenso que era aquello. Los alienígenas, tras el ataque sufrido para liberar a Ungut y Diana, habían reforzado la vigilancia, con lo que ya contábamos. Les observamos a distancia: el cambio de guardia se realizaba cada hora aproximadamente; sabíamos por experiencia que no aguantaban mucho más con los respiradores por la noche, así que tendríamos que recortar los tiempos. En el acceso principal había cuatro y dos más en cada acceso secundario. Había que eliminarlos silenciosamente. Las armas de fuego no eran una opción. Las ballestas y los cuchillos era lo único que podíamos utilizar y debíamos ser rápidos, muy rápidos, pues, si se escapaba uno y daba la voz de alarma, estábamos perdidos.

Por otra parte, debíamos coordinarnos muy bien, colocar primero todo el explosivo y después activar los temporizadores. Sólo en atravesar el complejo de lado a lado se tardaba corriendo casi dos minutos, más otros dos minutos en ir activando los demás temporizadores y otros dos o tres en llegar a los coches. Eso nos dejaba tan sólo tres minutos para alejarnos de allí lo más que pudiéramos. Era muy justo. Les propuse hacer un repaso allí mismo de todo el plan mientras esperábamos el cambio de guardia. Si algo salía mal, saltaríamos todos por los aires.

Cuando hubimos terminado, nos situamos en las posiciones acordadas, vestidos de negro y con la cara y las manos pintadas. Era difícil que se percatasen de nuestra presencia en aquella oscura noche. Lara, que era una gran imitadora de los cantos de las aves, hizo sonar al búho. Casi al instante silbaron las ballestas y los cuchillos terminaron el trabajo.

En media hora teníamos todas las cargas preparadas Ahora venía lo difícil: nos situamos en la parte más alejada y Marcos dio la salida. Habíamos colocado las cargas en línea, de manera que podíamos avanzar los cinco a la vez. Éramos jóvenes y estábamos en forma así que lo hicimos incluso más rápido de lo que habíamos planeado. Al llegar a los coches nos quedaban más de cuatro minutos para huir; no los desperdiciamos, pisamos a fondo el acelerador, todo lo que nos permitía la vía de escape. Cuando estábamos a poco más de veinte kilómetros se oyó una tremenda explosión que me recordó a la "mascletá" de Las Fallas; aceleramos más: la onda expansiva reventaba los cristales de las ventanas que encontraba a su paso, incluso sentimos cómo se movían los coches y, después…el silencio.

Paramos en un alto desde el que se podía ver lo que quedaba del complejo: un inmenso agujero.

No estábamos orgullosos de lo que habíamos hecho, pero ese círculo de comprensión del alienígena mestizo, en el que nos habíamos embarcado en los últimos tiempos, no tenía sentido. Si los cincuenta que había ahora mismo en nuestra zona lograban sobrevivir, coexistiríamos sin buscar enfrentamiento, y si no, ¡bendita evolución!

Al llegar a casa me alegré de tener a Diana a mi lado, no era una noche para dormir sola. Me acurruqué en su pecho y pronto sentí sus manos acariciándome con tanta suavidad como intención. No me resistí en absoluto, no habría podido hacerlo, ella sabía ser muy convincente. El amanecer llegó demasiado pronto, aún teníamos mucho amor que darnos. Me levanté, corrí la cortina y volví al lugar entre sus piernas, donde se encontraba el único monte que aquel día estaba dispuesta a escalar.

No fuimos las únicas a las que la mañana se les hizo corta. Incluso Noe y Víctor tenían algo distinto en su mirada. Eso me preocupó un poco aunque decidí confiar en Noe: hacía tiempo que le había hablado de las precauciones que debía tener en cuenta cuando llegara el momento.

Su relación con Víctor se había consolidado y, aunque en otros tiempos habrían sido considerados prácticamente niños, en el mundo de hoy no era así. A lo que, desde luego, no estaba dispuesta era a que se tuviese que enfrentar a un embarazo tan joven, así que le hablé de ello en repetidas ocasiones, hasta estar segura de que lo había entendido, y les proporcioné profilácticos a los dos. Pensé en los sustos que me habría ahorrado yo si mi madre hubiese sido así de clara conmigo en su momento. Después de desayunar cada uno nos pusimos con nuestras tareas, como si no hubiese pasado nada la noche anterior. Estábamos bastante lejos del complejo alienígena como para que la noticia corriera tanto. Seguramente la primera alerta la daría Sem, cuando notase que los *oruláh* le habían abandonado, o alguna de las familias que se acercara a la zona para espiarlos antes del gran ataque y descubriese que, en el lugar, lo único que quedaba era un gran agujero.

Pasaron varios días y la tranquilidad reinaba en la zona y, aunque ya había terminado el plazo acordado, nadie quería ser quien rompiera aquella paz.

Lo que terminó por advertir de que algo había pasado fue que los mestizos que no se adaptaban, y morían, no eran sustituidos por otros, ni nadie retiraba los muertos. Tuvimos que ocuparnos de hacerlo para evitar que la descomposición trajera enfermedades y alimañas. Quemábamos los cadáveres y echábamos las cenizas a una fosa común. En una semana quedaban la mitad y en un mes, menos de la décima parte. Eso nos puso en una cómoda posición de cinco a uno, frente a los cincuenta a uno de antes...

Un día que, como tantos, bajábamos a la playa a comer nos dimos de bruces con Sem. Ya de lejos se le veía una actitud poco amistosa. Pasó por delante de todos hasta llegar a Diana y levantando el látigo sobre ella le dijo:

- ¡Todo esto es culpa tuya!

Antes de que pudiera bajarlo ni un centímetro Marcos y yo nos abalanzamos sobre él.

- ¿Estás loco? ¿Qué narices haces? -le dijo Marcos mientras le lanzábamos a un metro de Diana.

- Nos habéis manipulado, haciéndonos creer que erais nuestros amigos y ahora todos están muriendo -dijo desde el suelo.

- Nosotros nunca hemos querido que murieran; lejos de eso, siempre os hemos intentado ayudar, incluso enfrentándonos a los nuestros -le dijo Diana ofendida por la acusación directa. Sin poder evitarlo me acerqué a él y señalándole de manera intimidatoria le dije: - Si buscas a un traidor, mírate al espejo.

Me di la vuelta y me llevé a Diana lejos del indeseable.

Marcos se quedó mirándole y no hizo falta nada más, se levantó y se fue, de camino iba maldiciendo.

No sé aun por qué, pero aquel día sentí que algo había cambiado. Lo que Sem sentía era que le estábamos quitando algo suyo: ellos, como nosotros, habían nacido aquí y, aunque su origen fuera una extraña combinación genética, sentía tener tantos derechos como nosotros para apropiarse del planeta.

Después de aquello no volvimos a ver a Sem en mucho tiempo. Las tensiones con Ungut y Nan y con sus amigos humanos le llevaron a abandonar la zona y viajar a las montañas, como el resto de los inadaptados.

El principio del fin

Los extraños movimientos que siguieron a aquel día empezaron a dar notas de lo que estaba pasando, pero lamentablemente tardamos en darnos cuenta.

De los pocos supervivientes mestizos que hubo, la mayoría abandonaron la costa y se fueron hacia las montañas; sólo un pequeñísimo grupo de unos quince se quedaron bajo el amparo de Ungut y Nan. Se comportaban tan parecido a un humano que la comunidad terminó por aceptarlos como uno más. En ningún momento hubo cruce de razas, pero sí buenas relaciones con ellos.

Cerca de nosotros no había ningún asentamiento de *oruláh:* no había ni rastro de naves grandes ni de laboratorios genéticos, al menos en cincuenta kilómetros a la redonda.

El movimiento de los humanos fue el contrario al de los mestizos: vinieron hacia la costa. Eran grupos pequeños que habían resistido milagrosamente a la invasión: Llevaban casi tres años escondidos por el día, realizando todas sus tareas por la noche. Gracias a ellos empezamos a recibir noticias del centro de la Península. La Meseta había sido devastada, pero la gente había resistido en las montañas del Sistema Central y del Macizo Leonés. De más al Sur no teníamos noticias, aunque suponíamos que los movimientos habrían sido similares.

De nuevo nuestra sociedad estaba creciendo. Me recordó los buenos momentos, cuando la gente del barco nos ayudó a localizar a todos los que estaban escondidos a lo largo de la costa.

Los últimos que vinieron traían buenísimas noticias: los

alienígenas rojos estaban muriendo por cientos. De hecho, hacía tiempo que, aparte de ocuparse de las incubadoras de mestizos, su única actividad era retirar los cadáveres de sus congéneres.

De los mestizos, por otra parte, sobrevivían uno o dos de cada cincuenta y, los que lo hacían, vagaban por los campos comiendo raíces y frutos que encontraban. Algunos humanos empezaron a echarles las sobras y ellos se peleaban con perros y gatos para llevárselas.

Todo esto nos llevó equivocadamente a pensar que el ser humano estaba recuperando la supremacía.

Algunos quisieron ser mas listos que nadie y empezaron a aprovecharse del hambre de los mestizos para que les hicieran los trabajos más pesados y, a cambio, les daban un plato de comida, en general, los restos de lo que comían ellos, y un techo en el establo con los animales.

No habría habido problema si lo que les ofrecieron hubiera sido un trabajo, pero aquello se acercaba mucho a la servidumbre, sistema de castas que hacía mucho que habíamos abandonado por lo injusto que era y las diferencias que establecía entre los de arriba y los de abajo.

En la nueva sociedad no había leyes, ni derechos humanos; lo más que habíamos logrado era un cierto respeto entre unos y otros, pero, cuando alguien se saltaba las normas, la mayoría miraban a otro lado.

Los mestizos eran para casi todos unos engendros y, aunque su forma humana era bastante evidente, casi nadie los consideraba como a un igual.

Ellos, por otra parte, estaban en una extraña posición. Eran inteligentes, tanto o más que un humano, pero su desconocimiento casi absoluto de la manera de salir adelante en nuestro planeta les colocaba en una clara inferioridad de condiciones. Y, por algún motivo, la mayoría de ellos no quería adaptarse a nuestros métodos de supervivencia y, en vez de imitarnos -ocupar cualquiera de las muchas casas abandonadas, cultivar la tierra, criar animales o pescar- preferían hacer esporádicos trabajos por la comida del día o de la semana.

Otra cosa curiosa era que no formaban familias. Casi siempre iban solos o en grupos de dos o de tres y no se veía que hubiera entre ellos ninguna atracción sexual. Es posible que aún no hubiesen madurado en ese sentido, al fin y al cabo llevaban aquí muy poco tiempo, pero chocaba al ver su aspecto, que ya era de adultos.

Por lo que respecta a nuestra familia, había pocos cambios. Seguíamos siendo bastante respetados porque, aunque nadie lo sabía a ciencia cierta, casi todos pensaban que éramos los responsables del ataque que destruyó el complejo alienígena. Siempre que en la comunidad surgía alguna disputa, acudían a nosotros buscando algún consejo, o incluso dejando en nuestras manos la decisión que solucionaba el problema.

Yo, por mi parte, seguía escribiendo mi libro, pensando que podría ser útil para que las generaciones venideras entendieran todo lo que había pasado y aprendieran de nuestros errores.

A Marcos empezaron a llamarle alcalde, no se bien de quién partió aquello, pero llegó un momento en que, los que llegaban nuevos a la comunidad, nos visitaban y le presentaban sus respetos. Él ocupaba aquel honorífico cargo con bastante dignidad y debo decir que, aunque nos consultaba la mayoría de las decisiones que tomaba, por la que optaba él desde el principio solía ser la más acertada. A pesar de ser aún bastante joven adquirió una gran sabiduría.

Mientras nosotros seguíamos con nuestras vidas, disfrutando del mejor momento que había vivido la humanidad desde que los alienígenas nos invadieron, estaba sucediendo algo que cambiaría el curso de la historia.

Sem, cargado de resentimiento, se había ido rodeando de buena parte de los mestizos inadaptados. Con la promesa de una vida mejor, les había enseñado todo lo que no quisieron aprender de los humanos. Había ocupado un hotel de montaña, con suficientes habitaciones como para reunir allí un batallón. Muchos de los que se unieron a él pertenecían a la casta de los guerreros: parece que les costaba más que a los demás adaptarse a nosotros; pero, por otra parte, eran bastante fuertes y sobrevivían muchos.

Por todos sitios había naves abandonadas que los humanos éramos incapaces de usar, pero ellos sí.

A lo largo de los meses fue visitando las distintas zonas, yendo un poco más lejos cada vez. Llevaba consigo a sus lugartenientes y les iba convirtiendo en generales de los nuevos campamentos. Los *oruláh* vieron en él al líder que necesitaban para llevar al éxito su misión y le prestaron todo el apoyo que pudieron. Aunque algunos miembros del Consejo se opusieron a dejar el poder en manos de un guerrero, al final claudicaron ante la imposibilidad de plantear ninguna otra opción viable.

Sem se convirtió en el más poderoso de todos. En menos de un año, tenía, solo en España, un ejército de ciento cincuenta mil guerreros, dispuestos a seguirle hasta la muerte. Los pocos científicos que se unieron a él se ocuparon de investigar nuestro armamento, no sólo el de infantería, también el que podían utilizar desde el aire. Sus naves no soportaban un gran peso extra, pero sacaron de ellas todo lo que no iban a utilizar y redujeron la tripulación a tres.

Durante algún tiempo consiguieron mantener todo en secreto, pero su ejército crecía tanto que les fue imposible mantener la invisibilidad. Empezaron a llegar noticias de campamentos inmensos de mestizos que se entrenaban a diario y que habían conseguido un buen número de armas de fuego.

Por otra parte la población en la costa había crecido muchísimo. Ya éramos más de veinte mil. Empezó a haber cierto orden en la sociedad. Algunos recuperaron sus profesiones de antes del caos. Pusimos en marcha un hospital y tres centros de salud, también un grupo de emergencias que englobaba bomberos, policías, algún militar y varios voluntarios. Establecimos un gobierno provisional, para lo cual hicimos un plebiscito. Marcos fue elegido Gobernador de la costa Norte, que es como definimos a la extensa región que abarcaba desde Galicia hasta el País Vasco. Además había cuatro representantes de zona, que se reunían con él, y un grupo de consejeros formado por ingenieros, abogados, profesores y jefes del servicio médico y del grupo de emergencias, con los que se veía una vez cada quince días. El objetivo era recuperar poco a poco el orden social. Se avanzaba lentamente, pero cada pequeño éxito mejoraba mucho nuestras vidas.

En nuestra nueva sociedad no había prácticamente niños ni ancianos, pero sí un gran número de adolescentes que constituían el futuro más prometedor. Nos ocupamos de que empezaran a recibir formación superior, apoyando a las familias que tenían que prescindir de ellos en los trabajos diarios.

Por todo esto, cuando empezaron a llegar noticias de la nueva amenaza, hubo una gran conmoción social. Algunas voces empezaron a reclamar la creación de un ejército fuerte para defendernos de un posible ataque, pero eso ralentizaba nuestro crecimiento. No éramos tantos como para dedicar, de manera exclusiva, el gran número de ciudadanos que hubiera sido necesario, pero tampoco podíamos quedarnos de brazos cruzados. Diseñamos un sistema de emergencia que incluía prácticamente al cien por cien de la población: eso eran veinte mil soldados. Sólo para ese efecto se establecieron unos rangos militares y un sistema de alarmas que alertarían al resto. Debíamos estar preparados para entrar en combate si era necesario. Los únicos excluidos, a parte de los pocos ancianos y menores de doce años, fueron los sanitarios.

Con aquellas medidas la gente volvió a sentirse segura.

Estábamos preparando algo de comer, cuando de pronto la radio, que llevaba meses en silencio, comenzó a emitir. Saltamos todos como un resorte. De inmediato reconocimos la voz que salía de ella: era el teniente Martín. Había pasado más de un año desde el segundo ataque y, desde entonces, no habíamos sabido nada de ellos. Nos alegramos mucho de oírlos.

Se encontraban a dos días de la costa y venían a hacernos una visita con importantes noticias.

Estábamos nerviosos por mostrarles todo lo que habíamos conseguido y también por saber qué había sido de ellos durante todo ese tiempo.

Los dos días pasaron volando, organizamos todo para darles un gran recibimiento. La gente de la zona se ofreció para alojar a los marineros y que pudiesen descansar unos días en tierra. Nosotros preparamos todo para que el capitán, el teniente y el doctor, se quedaran en casa.

La gente estaba muy emocionada con la llegada del barco, nos costó trabajo llevárnoslos de allí. Cuando finalmente lo conseguimos, les dejamos un rato para darse una ducha y ponerse cómodos mientras nosotros terminábamos de preparar la cena.

Nos contaron que durante el ataque tuvieron que ser rescatados por un submarino ruso. Cuando consiguieron volver al barco, tardaron meses en ponerlo de nuevo a pleno funcionamiento. A pesar de que habían protegido todos los equipos que pudieron, muchos se vieron afectados y las reparaciones les ocuparon mucho tiempo.

Ante la imposibilidad de maniobrar, las corrientes marinas fijaron su rumbo. Cuando al fin recuperaron el control del barco, estaban mucho más cerca de la costa americana que de la europea. Decidieron recorrerla y contactaron con numerosos grupos de supervivientes de todo el mundo. En el último año, en todas partes, estaban sucediéndose acontecimientos similares a los ocurridos en nuestras costas, con un nuevo resurgir de la civilización humana. Pero hacía apenas dos meses que fueron detectados los primeros ejércitos mestizos, que atacaron a las poblaciones humanas con gran crueldad: a su paso no quedaba casi nadie vivo. Atacaban por tierra y aire y se trasladaban con rapidez a la siguiente zona. Uno de los pocos supervivientes les contó que el jefe de aquel descomunal ejército era un tal Sem, que dirigía los ataques desde España, donde contaba con una inmensa fuerza y que en breve iba a atacar Europa desde allí, y perseguía un único objetivo: borrar definitivamente al ser humano de la faz de la tierra.

- Debimos dejarle morir -dijo Marcos cuando el capitán hubo terminado su relato.

Les contamos todo lo que había sucedido y cómo en un momento nos planteamos una alianza con los mestizos, de los cuales actualmente entre nosotros había menos de una veintena.

- Está claro que tenemos que prepararnos para la batalla -les dije mientras agarraba inconscientemente el cuchillo de trinchar.

El teniente nos contó que la población aún estaba muy dispersa; la nuestra era una de las comunidades más grandes que habían detectado. En el interior sólo había pequeños grupos que, en cuanto podían, huían hacia la costa. Debía de haber unas cien mil personas por el centro de la Península, pero era casi imposible contactar con ellos. Sabíamos de su existencia por los que iban llegando. En el resto del litoral también se habían formado comunidades, pero mucho más pequeñas, de menos de mil personas, y la gente apenas se desplazaba para contactar con los grupos vecinos, aunque recientemente habían seguido nuestro ejemplo y empezaban a intercambiar entre ellos bienes y servicios, sobre todo en el Sur.

En cuanto al ejército, había tres grandes frentes. El de Zaragoza seguía siendo el principal; había otro en Valencia y el tercero, en el que se habían unido españoles y portugueses, en la zona limítrofe entre Huelva y el Algarve. Todos ellos no sumaban ni quince mil soldados. Por otra parte carecíamos de fuerza aérea, no había apenas combustible y el poco del que disponían lo utilizaban para el transporte terrestre. Lo que sí había es un buen arsenal: disponían de más armas que de soldados. Así que, ante la posibilidad del ataque, el ejército había decidido distribuirlo entre la población civil, dejando pequeños destacamentos militares en cada zona. El teniente nos confirmó que el que venía para acá llegaría en menos de una semana.

- Mañana convocaré a los representantes de zona y les explicaremos la situación. Hemos diseñado un plan de emergencia, según el cual se militariza a casi toda la población. Os lo enseñaré, a ver que os parece -dijo Marcos, mientras se levantaba a por los documentos.

Los marinos quedaron gratamente sorprendidos. Sólo le dieron un par de consejos para mejorarlo y Marcos tomó nota para comentarlo en la reunión del día siguiente.

Después de cenar casi todos se recogieron para descansar. Yo me quedé un rato escribiendo. Había tomado aquella costumbre, me relajaba mucho. La verdad es que en aquel momento mi relato ya era casi un diario. Había escrito todo lo que había pasado desde el momento en que los *orulah* llegaron y nos envenenaron con su gas y cada día iba incorporando todo lo que acontecía, además de mis reflexiones y muchos de los momentos que disfrutaba con mi familia. No quería que aquello fuera sólo un compendio de datos, debía bañarlo de emociones y sentimientos, reflejar los miedos y anhelos, en definitiva, transmitir lo que todo aquello había significado para el grupo de seres humanos que habíamos sobrevivido a la mas oscura edad de la humanidad.

Mientras escribía, Diana se sentó a mi lado y me trajo algo de beber. Ella era muy paciente conmigo, sabía esperar a que terminara, le encantaba mirarme mientras lo hacía. Pero aquel día estaba impaciente por comentar conmigo los últimos acontecimientos; lo veía en sus ojos, así que abrevié todo lo que me fue posible para poder prestarle toda la atención que merecía.

- Enseguida termino, mi amor -le dije para aplacar ligeramente su ansiedad.

En cuanto dejé de escribir, saltó como un resorte, me cogió de la mano y tirando con suavidad de mí, me dijo:

- ¿Te apetece que demos un paseo por la playa? Hace una noche preciosa.

Me pareció un plan perfecto, cogimos los caballos y nos dirigimos a la playa más cercana. Los dejamos allí atados y caminamos un rato por la arena hasta que finalmente nos sentamos mirando al mar. La luna estaba llena y se veía bastante bien.

- Sabes que lo que se nos viene encima es mucho mayor que nada de lo que hemos visto hasta ahora, ¿verdad? -le pregunté mientras la rodeaba con mi brazo.

Ella apoyó la cabeza en mi hombro y sin levantarla dijo:

- Sí. Lo peor es que Marcos y los representantes creen estar preparados por el simple hecho de haberles dado galones a los granjeros. Pero no lo estamos. -

- ¿Y qué vamos a hacer? -le pregunté.

- Vamos a luchar y quizá a morir -me dijo con la

Raza Humana: El legado de Ungut © María Las Heras, [2019]

expresión más oscura que le había visto jamás.

- Me resulta raro escucharte hablar con tanto derrotismo - le dije un poco enfadada.

- Bueno, tú me dijiste una vez que el mundo no se acabaría mientras yo estuviese contigo. No te separes de mí ni un solo segundo en la batalla: luchemos juntas porque el mundo no se acabe -me dijo mirándome a los ojos.

- Te lo prometo -le dije y la besé.

En el fondo, yo sabía que tenía razón: sabía que Sem iba a golpearnos con especial dureza, aunque no lo mereciéramos.

La batalla

No había pasado ni un mes desde que el barco atracó en nuestras costas, cuando empezaron a llegar por cientos los que huían del centro de la Península: contaban historias de muerte y desolación. La mayoría de los que consiguieron huir habían perdido a todos sus seres queridos, otra vez.

Sem y sus secuaces avanzaban lenta pero inexorablemente, dejando tras de sí los campos teñidos con la sangre de nuestros semejantes.

La tensión con los pocos mestizos que vivían entre nosotros era patente: los insultaban mientras les gritaban que se marcharan. Sólo era cuestión de tiempo que los agredieran.

Nosotros tratamos de protegerlos, pero pronto ni siquiera el respeto que todos tenían a Marcos podría frenar a las masas.

Nan y Ungut se habían esforzado por convencer a la gente de que la convivencia entre las dos especies era posible y, mientras hubo paz, lo consiguieron. Pero ahora, con toda esa gente huyendo de la muerte, que los identificaba con el enemigo sin preocuparse de conocerlos, hasta los que los sentaron a su mesa renegaban de ellos.

Finalmente, no les quedó otra opción que marcharse. Les indicamos cómo llegar a la casa de las montañas en la que los cinco habíamos pasado los primeros tiempos. Aquella casa estaba llena de recuerdos, allí comenzamos a ser lo que hoy éramos, luchamos, amamos y nos convertimos en una familia. No se la habríamos ofrecido a nadie más, pero Nan y Ungut, de alguna manera también, formaban parte de ella.

Cuando nos despedimos les prometimos que, cuando las cosas se tranquilizaran, iríamos a buscarlos. Aquello nunca sucedió.

Dos semanas después de su partida los vigías que teníamos apostados en las montañas bajaron a todo correr. Las tropas de Sem estaban a punto de atravesar las montañas, el último escollo que les quedaba antes de llegar a la costa. Era cuestión de dos o tres días que los tuviésemos encima.

Todos los accesos a la costa estaban cortados y vigilados y, tras las barreras, habíamos dispuesto varias líneas de trincheras con todo el armamento pesado que los militares nos habían enviado. Detrás estaba nuestra infantería, formada en su mayoría por granjeros, que jamás habían entrado en combate con los *oruláh,* apoyados por los marineros y los militares que se habían quedado con nosotros. Desde la base de Zaragoza el general avanzaba con todos sus hombres hacia nuestra posición: si lograban llegar a tiempo, seríamos casi treinta mil frente a más de doscientos mil mestizos que estaban en ese momento cruzando las montañas.

Las primeras que llegaron fueron las naves, que, por suerte para nosotros, no habían sido capaces de transformar para lanzar bombas desde el aire, por lo que tenían que acercarse bastante para dispararnos. Conseguimos derribar casi al cincuenta por ciento con nuestro fuego antiaéreo; el resto se batió en retirada para dejar paso a la infantería. Pero defendernos de ellas no nos salió gratis: hubo muchas bajas y gastamos una gran cantidad de munición.

Cuando las tropas de Sem alcanzaron la parte más alta de las montañas, se les podía ver desde lejos. Una línea interminable de guerreros, levantando sus armas y gritando todos a la vez, resonaba como los truenos de una tormenta.

Ya no había nada que pudiéramos hacer. En menos de tres horas, nuestro hogar se transformaría en un inmenso campo de batalla.

Cogí el manuscrito en el que llevaba tanto tiempo trabajando y escribí un último párrafo.

"Los hijos de los *oruláh* y de los hombres quieren cambiar el curso de la historia. Hacer suyo lo que antes fue nuestro y, para conseguir ese fin, planean eliminarnos en una desigual batalla. Lucharemos hasta la muerte para impedírselo. Si no lo logramos, que sepa quien me lea, que un día aquí hubo una especie que inventó las guerras, pero también el arte, la música y la poesía, que consiguió una sociedad en paz y que tuvo unos principios por los que fue capaz de sacrificar hasta su propia vida. Esa especie es el ser humano".

Después lo guardé en una caja y lo dejé sobre la mesa, en la que me había sentado tantas noches a escribir, con Diana a mi lado.

Al poco vinieron los chicos. La familia al completo nos fundimos en un abrazo.

- Hemos salido de muchas, ¿por qué no de esta? -dijo Diana intentando insuflar ánimos a todos.

- Intentemos permanecer todos juntos en la batalla. ¡No confío en nadie más que en vosotros! -dijo Marcos mirándonos a todos.

- Venga, ¡vamos a darles una lección! -les dije levantando el puño.

- ¡Vamos! -gritaron todos.

Antes de salir cogí a Diana y le di el beso más apasionado de nuestras vidas.

Al llegar a nuestra posición en las trincheras reinaba un silencio tenso. Sin duda hay algo peor que la propia batalla:

la espera.

Cuando los mestizos estaban apenas a un kilómetro, las sirenas comenzaron a sonar a lo largo de toda la costa. Ellos levantaron sus armas y gritaron de nuevo y, como una jauría de bestias, comenzaron a correr hacia nosotros, disparando contra nuestras trincheras. Parapetados tras la línea de sacos, disparamos incansables a los secuaces de Sem. Cientos de ellos cayeron ante nuestro incesante fuego, pero pronto los primeros consiguieron atravesar las trincheras y entonces comenzó la masacre, su ventaja numérica era más que evidente, ¡era aplastante!

Luchamos contra ellos durante horas: sin duda era la mayor oposición que jamás habían encontrado. Pero no fue suficiente.

Un grupo muy numeroso irrumpió en la zona donde nosotros estábamos, les disparamos hasta que nos quedamos sin munición. Apuntaron a la familia y dispararon. Vi como todos a los que tanto amaba caían a mis pies, pero no nos dispararon a Diana ni a mí. Me quedé paralizada, no entendía qué estaba sucediendo y entonces Diana me agarró del brazo y me sacó de allí.

Corrimos todo lo que pudimos, aunque realmente no había escapatoria. Estábamos rodeadas, nos estaban conduciendo hasta Sem. Poco a poco fueron cerrando el círculo en torno a nosotras y a él.

- Os estaba esperando -dijo mirándonos fijamente, mientras varios de sus secuaces nos sujetaban.

- Dispara ya cobarde -le dijo Diana, sin mostrar ni el más mínimo temor.

- Si tú no ruegas por tu vida, será ella quien lo haga -dijo amenazante.

Y entonces se acercó a Diana y agarrándola por detrás, sacó su cuchillo y se lo clavó en el estómago. Él la soltó y ella cayó al suelo.   Mientras lo hacía la oí decirme:

- Nuria, el mundo se acaba. Te quiero -

- Y yo a ti -le dije y mientras lo hacía cogí el cuchillo que llevaba en el cinturón y, abalanzándome contra Sem, se lo clavé en el corazón.

Sem se desplomó al instante, entonces uno de sus lugartenientes me apuntó y disparó, sentí un tremendo golpe en el pecho y un intenso olor a pólvora. Las piernas me fallaron y mi cuerpo se derrumbó sobre el de Diana, que aún mantenía los ojos abiertos. Noté cómo su mano cogía la mía mientras exhalaba el último aliento. Cuando sentí que se marchaba, me aferré a ella dejando que todo aquel frio se apoderara de mí, para marcharnos juntas.

El libro

Habían pasado ciento cincuenta años, la paz había vuelto al planeta que se había ido, poco a poco, repoblando.

Una familia ocupaba el que durante algún tiempo fue el hogar de Nuria y Diana. Llevaban allí varias generaciones y habían borrado todas sus huellas.

En el pequeño almacén de la parte de atrás, que antaño albergó el explosivo, se guardaban muchos de sus recuerdos, llenos de polvo y escondidos durante muchos años a la vista de todos.

Pero siempre que guardas algo tras una puerta corres el riesgo de que alguien la abra. Y así ocurrió aquella mañana soleada de verano, cuando aquella curiosa joven, buscó entre el manojo de llaves la que abría la puerta del pasado.

Aquella habitación era un tesoro, casi todas las cosas que allí había habrían despertado la sonrisa de Nuria y Diana. Pero, para aquella joven, no eran más que trastos viejos, llenos de polvo.

Nada más entrar, sobre una pequeña mesa de escritorio, estaba la caja en la que Nuria había guardado su libro. Era una clara invitación a empezar por ella. Le quitó con cuidado el polvo y la llevó fuera para ver lo que contenía. La abrió ceremoniosa y sacó con cuidado los cuadernos en los que Nuria había escrito durante años aquella historia.

Cogió el primero de ellos e intentó leerlo, pero no entendía lo que ponía. Volvió a meterlos en la caja y fue a la cocina donde estaba su madre.

- Mamá, he encontrado esto en el trastero. Debe de tener más de cien años, pero no entiendo nada de lo que pone. ¿Qué lengua es esta? -le preguntó.

- Déjame ver -dijo la madre.

Sacó el primer cuaderno y comenzó a ojearlo.

- Está escrito en la lengua antigua. La abuela me contó que, mucho antes de que ella naciera, aquí se hablaba otra lengua que sus abuelos conocían, y le enseñaron algunas palabras -le dijo mientras devolvía el cuaderno a la caja.

- Me gustaría leerlo. ¿Crees que habría alguna manera de traducirlo? -preguntó emocionada.

La madre se quedó pensativa y finalmente le dijo:

- Busca arriba, hay algunos libros que pertenecieron a los tatarabuelos. Quizá encuentres algo -

La joven no esperó ni un minuto, subió las escaleras y comenzó a buscar entre cientos de manuscritos que sus antepasados habían escrito durante años. Entonces encontró aquel libro. Era un diccionario de la lengua antigua, sobre cada palabra su tatarabuelo había escrito la traducción y en la primera página había una dedicatoria:

"La lengua de un pueblo mantiene viva su historia.

A Diana."

Cogió el libro y los cuadernos y se sentó dispuesta a traducir todas aquellas enigmáticas páginas.

Durante semanas tradujo, palabra por palabra, lo que allí ponía. Poco a poco fue entendiendo las normas gramaticales que le daban sentido y forma a la narración.

Ocupaba en esta tarea todo su tiempo libre. Por las noches le leía a la familia los párrafos que iba traduciendo. Todos se engancharon con aquella historia de ficción, sobre todo a partir de que los acontecimientos comenzaron a suceder en su casa.

A la joven le llamó la atención desde el principio que su tatarabuelo hubiese dedicado el traductor a Diana, y que ella fuera uno de los personajes principales de la historia. Pensó que quizá él mismo, o su tatarabuela, hubiera escrito el libro en lengua antigua, y aquellos personajes no fueran totalmente ficticios.

Entonces comenzó a traducir el capítulo titulado "El Encuentro".

La familia le reclamaba las lecturas diarias, pero ella les fue dando largas, los engañó diciendo que le estaba costando mucho darle forma a esa parte, que cuando la tuviera lista se la leería. Pasó más de un mes hasta que logró traducir el manuscrito íntegro.

Lo leyó una y otra vez y volvió en repetidas ocasiones al trastero. Allí encontró las alianzas de Nuria y Diana, la foto recortada de Nuria, las cartas de amor que se dejaban la una a la otra, los mapas pintados, los planes de ataque y el objeto que Ungut le regaló a Diana.

Cogió el último cuaderno y leyó lo que parecía ser el final del libro:

"Los hijos de los *oruláh* y de los hombres quieren cambiar el curso de la historia. Hacer suyo lo que antes fue nuestro y, para conseguir ese fin, planean eliminarnos en una desigual batalla. Lucharemos hasta la muerte para impedírselo. Si no lo logramos, que sepa quien me lea que un día aquí hubo una especie que inventó las guerras, pero también el arte, la música y la poesía, que consiguió una sociedad en paz y que tuvo unos principios por los que fue capaz de sacrificar hasta su propia vida. Esa especie es el ser humano"

Después había dos páginas en las que Nuria describía la batalla y el encuentro con Sem, y tras ella un último párrafo.

"El regalo que Ungut le dio a Diana estaba en mi bolsillo, a duras penas logré sacarlo, lo puse entre mi herida y la suya. Mientras lo hacía vi marchar a los mestizos que, creyéndonos muertas, nos dejaron en el camino tras recoger el cadáver de su líder para rendirle todos los honores.

Las heridas eran muy graves y el objeto tardó mucho tiempo en curarlas.

Cuando pudimos levantarnos volvimos a las trincheras, cogimos uno a uno los cuerpos de nuestros seres más queridos y los enterramos en el lugar más bonito que encontramos en el pequeño bosque que rodeaba nuestra casa.

Dejamos todo sobre la mesa: el objeto, las alianzas y este libro y nos marchamos de allí, donde ya sólo había muerte.

Buscaremos un lugar donde estar, hasta que una de las dos marque la fecha en la que el mundo se acabe."

Cerró el cuaderno y se quedó pensativa. Entonces lo entendió todo. Aquellos seres que se autodenominaban "seres humanos", habían existido, y sus tatarabuelos, Nan y Ungut, formaron parte de aquel turbio momento del que jamás nadie le había hablado.

Los mestizos se habían apropiado de la historia de los seres humanos, a los que creían haber barrido totalmente de la faz de la tierra.

Pero Ungut y Nan, arriesgándose a ser ejecutados por alta traición, habían conservado las claves para que las futuras generaciones descubriesen la verdad, y ahora ella tenía en sus manos aquel escrito que sin ninguna duda cambiaría el mundo.

Sintió que se lo debía a sus tatarabuelos y a Nuria y Diana y todos aquellos seres sin los que ninguno de ellos existiría.

Cogió los manuscritos y todos los objetos que había recuperado del trastero y llamando ceremoniosamente a su familia, les dijo:

- Sentaos. Os voy a leer la verdadera historia de lo que aquí sucedió.

Raza Humana: El legado de Ungut © María Las Heras, [2019]

RAZA HUMANA

EL LEGADO DE UNGUT

María Las Heras

 maria@mlasheras.com

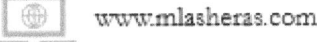 www.mlasheras.com

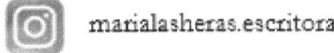 marialasheras.escritora

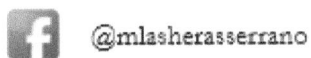 @mlasherasserrano

 @mlasherass